U0028997
1
笑容崩壞的女高中生與不能露出破綻的我
we can't smile
作 甜咖啡
繪 手刀葉/廢棄物少年

1 笑容崩壞的女高中生與不能露出破綻的我

we can't smile

Contents

目錄

序章　笑容

想要露出笑容——
對於很多人來說，露出笑容，是再簡單不過的小事。

可是，
我偏偏做不到。

或許是因為記憶之海的最深處，依稀殘餘著幼兒時期父母車禍雙亡的畫面……
又或許是在育幼院成長的記憶，將內心染上揮之不去的寂寞……總而言之，我沒有辦法露出笑容。

微笑、莞爾、竊笑、欣喜……任何牽涉到笑容的形容詞，對我來說，不過是字典上的陌生詞彙。

如果只是單純扯動嘴角裝出笑的樣子，那我還是能辦到的。但那表情就像木偶一樣僵硬，充斥會一眼遭人識破的生澀。

毫無疑問，不帶真誠笑意的表情，不能稱之為笑容。

但是，笑容很有用。

在漫畫裡，笑容可以振奮友軍，也可以軟化敵方的鬥志。

在現實中，更能帶來無往不利的優勢。舉個最近的例子，那些盡情謳歌青春的現充，幾乎都有著陽光又燦爛的笑臉。

換句話說，對於以「人生不能露出破綻」為座右銘的我來說，無法露出笑容，無疑是重大的缺陷。

所以……我想要追尋真正的笑容。

第一章　十九凜凜夜

人類是靠著忘記痛苦，來一步步前進的生物。

而我卻被目睹父母離世的回憶所囚禁，導致在追求笑容的道路上、遲遲止步不前。

但是，就在時值櫻花盛開的四月初，同時也是P高中開學典禮的那一天——

我看見了——

原本伴隨櫻花花瓣點綴的蔚藍天空，此時卻被染成純淨的白色。

白色的天空？

仰頭再仔細一看，天空之所以會染白……是因為高空中，正不斷飄落雨點般密集的A4紙。

那眾多的A4紙，是由雲端下方至少五十臺螺旋槳式的直升機所散落。所有直升機在P高中正上方不斷列隊盤旋，就像在執行某種瘋狂的轟炸任務那樣，正拚命往下拋擲數以千萬計的紙張。

有些紙張順風飄盪，隨著命運遠颺他方——但更多卻飛進了P高中校園內，落到校園內的廣場上。許多學生情不自禁地伸手接住Ａ４紙，開始閱讀上面的字句。

【聽好了！如果想要尋求笑容的話，就來教學大樓B棟八樓最末端的教室找我。】

【一起建立社團，露出燦爛的笑容吧！】

在這兩行字的下面，有一個露出歪斜笑臉的滿月。

兩行字，一個拙劣的圖畫，內容僅止於此，簡短到不行。

看起來像社團招募的訊息，卻以絲毫不考慮後果的方式來傳達。事後要負責清掃那數以千萬計的的紙張，光想就令人頭疼。

也正是這種率直而接近粗魯的招募方式，光是看，就讓人望而卻步。

「這是什麼啊？」

「不知道、但以這種方式發招募傳單也太奇怪了吧……上面畫的月亮笑臉也很詭異，我絕對不會想跟這個社團扯上關係。」

「同感。」

「……啊、我也是。」

混在開學典禮的人群中，聽著眾人的嗡嗡耳語——大多數人對於傳單上的招募訊息，都保持敬而遠之的態度。

「……」

身為高一新生的我，盯著傳單看了片刻。

再次抬起頭來，望著完成任務列隊飛速而去的直升機群，我忍不住輕聲自語。

「尋求笑容的社團……嗎？」

以孤獨做為食糧成長，我的人生信條是不能擁有破綻。也就是說，我必須消除自身所有弱點。

哪怕傳單乍看之下相當可疑，但是對於自小擁有「不能笑」缺陷的我來說，是一個不能錯失的機會。

因為笑容十分有用，可以在關鍵時刻化為最強的武器。

思及此，我緊緊捏住手上的傳單。

開學第一天，放學後，沿著連接各大樓的迴廊慢慢前行，我終於抵達B大樓的一樓。

「教學大樓B棟八樓最末端的教室」，這是神祕招募傳單上給的地址。

在坐電梯往上的過程中，我對著電梯裡的鏡子打理儀容。普普通通但很乾淨的長相，看起來有點孤僻的眼神，頭頂上有一根無法壓平的呆毛，平凡到不易引起他人注目。

「很好，今天看起來也相當普通。」

普通很好，普通才是最棒的。因為受人注目的話，很快就會被研究出弱點。換句話說，能將「存在感」埋藏於暗影之中的人，才是無懈可擊的強者。

很快抵達八樓，走到最末端的教室後，我先伸手敲了敲門。

「叩叩叩。」

沒有人應門。

「叩叩叩叩叩。」

伸手再敲，依舊沒有人應門。

第三次，我直接拉開了教室大門。

出乎原先以為「裡面沒人在」的預期，才剛拉開大門，我就看見被夕陽染紅的教室內，有一位穿著新生制服的少女坐在窗邊讀書。而她也將視線投向門口的方向，正巧與我四目相接。

這是一名擁有紫色長髮，身材纖細的美少女。

她的外貌乍看之下相當文靜柔弱，給人一種纖細到會隨時折斷的錯覺，就像脆弱的花朵般，能輕易激起男性的保護欲望。但最引人注意的是她的雙目，在眼角處

揚起恰到好處的弧度，形成彷彿能一眼勾走靈魂的漂亮鳳眼。

而她被水手服束帶勒緊的腰肢，有獨屬於女性的美妙線條。水手裙底下露出的雪白雙腿，則套著黑色及膝長襪，那黑與白之間微妙的平衡感，會令男性不由自主心跳加速。

明明沒有特別打扮或化妝，少女僅憑五官端正的漂亮臉蛋，與出眾的身材，就能給人帶來極為強烈的印象。哪怕混進人群裡，也能輕易吸引周遭的目光。

在我盯著她看的同時，窗外的微風拂動她的柔順秀髮，我注意到她戴著新月形狀的髮飾。

「喂，黑猩猩十二號，不要傻乎乎地盯著本小姐看，趕緊進來然後把門關上。」

那是與外在印象完全相反的失禮措辭。

紫髮少女用近乎命令的語氣，對站在門外的我這麼說。

誰是黑猩猩十二號呀？面對這個言辭極為無禮的少女，我沉默片刻。

與對方四目相接，又遲疑少許後，我忍不住將內心的疑惑道出。

「妳剛剛為什麼不應門？」

「為什麼我要替多半愚蠢無比的陌生人，做出應門這種禮貌的動作？」

紫髮少女回話時不帶任何怒氣，也就是說，她並非出於情緒波動而負氣回答，而是打從心底這麼認為。

明白這點後，我忽然有立刻掉頭離開的衝動。

因為此刻我的內心，正不斷冒出「嗚哇！這個人肯定不好相處吧——」的觀感。我為了不露出破綻而鍛鍊出的「人生破綻雷達」，也正發出危險的嗶嗶警告聲。

但是，為了克服無法露出笑容的缺陷，我還是率先釋出善意。

釋出善意的方式就是「自我介紹」。就像向戰國大名投誠的神祕浪人那樣，率先自報家門，才能讓對方放下名為陌生的戒心。

「同學妳好，我也是一年級的新生，我的名字是……」

正當我要道出姓名時，卻看見紫髮少女豎起右掌，對我比出停止的動作。

我愕然。

接著紫髮少女皺起眉頭，露出極為不滿的表情。

「……聽好了，黑猩猩十二號。首先，本小姐沒興趣知道你的名字。」

彷彿擔憂對方因智商低落無法理解言語那樣，紫髮少女放慢了語速。

「……再來，本小姐有預感，你會是第十二位從這間教室被我趕走的傻瓜……所以證明吧，證明你有加入這間社團的資格與決心。」

紫髮少女雙手抱胸露出不耐煩的表情，不太期待地等著我的答案。

我思考片刻。

也就是說，在我之前已經有十一個人來到這裡，然後被這個長相漂亮、態度卻十分惡劣的女人趕回去了。

只是……必須證明自己的資格與決心嗎？

「要怎麼證明？」

「——哈啊？你居然連這個都不懂？」

用極為失禮的語調發出拖長的質疑聲，紫髮少女嘴巴張大，不敢置信地望向我。

她誇張的吃驚表情讓人有點受傷，我想了想，但還是皺眉發問。

「懂什麼？」

「——黑猩猩十二號，你是接到傳單才過來的對吧？」

「是。」

「——那傳單上的字呢？你看了吧？」

「當然看了。」

我從口袋掏出折得皺巴巴的傳單，在紫髮少女的面前展開，並且指著【一起建立社團，露出燦爛的笑容吧！】那行字。

「看到上面的招募訊息，所以我才循著地址找過來。」

紫髮少女扶著額際，忽然嘆了口氣。

「……黑猩猩十二號，雖然本小姐很不情願，但是我的座右銘是『公平就是一切』！所以我會以與前十一名測試者相同的說明方式，大發慈悲地向你解釋一次。」

「什麼啦？」

坦白說，這傢伙的長相非常漂亮，大概是屬於那種可以輕易在別人心中建立好感度的現充預備軍。但她那失禮的語氣，以及毫無同理心的言談，不斷在破壞她與生俱來的優勢。

紫髮少女用看向笨蛋的目光鄙視我，先哼了一聲，接著提問。

「……黑猩猩十二號，如果想加入一個有水準的圍棋社團，入社的測試你覺得會是什麼？」

「下圍棋？」

「沒錯！那以尋找笑容、露出燦爛笑容為目標的社團，入社的測試你覺得又是什麼？」

「露出笑容？」

聽到這，我恍然大悟。

「也就是說，要我笑給妳看？」

「對啦！你真的笨死了！難道說，你頭上的呆毛是因為宿主太傻所以才翹得那麼高嗎!?」

確實我頭頂有一撮怎麼梳理都無法整齊的固執呆毛，但被這樣揶揄，就算再寬宏大量的人也會不開心喔！

我下意識抓了抓呆毛，試著想將其壓下，浪費一些時間後，終於認命放棄。

而對方露出笑容的要求，讓我忍不住皺眉。

「……我沒辦法笑。」

這倒是實話實說。

如果只是單純扯動嘴角裝出笑的樣子，那我還是能辦到的。但那表情就像木偶一樣僵硬，充斥會一眼遭人識破的生澀。

偽裝的笑容，不能稱之為笑容。所以「沒辦法笑」的宣稱，並非謊言。

聽見我的話，紫髮少女愣了一下。

於是我接著補充：

「……更精確地形容情況的話，我只能露出僵硬的假笑——就像唯獨嘗不到甜味的舌頭那樣，我在踩進臭水溝時會下意識皺眉，遭到不公平待遇時會表露不滿，束手無策時會臉現苦意——也就是說，我的臉部似乎單單缺乏『自然露出笑容』的機能，就算感到快樂，也沒辦法做出相應『笑』的表情。」

紫髮少女仔細打量著我，冷淡的臉上表露些許懷疑。

她迅速將那份懷疑化為言語。

「也就是說，你能夠展現驚訝、悲傷、惱怒等表情，但只有與笑相關的表情，無法自然而然地做出？」

「……嗯。」

「能現場示範一下嗎？笑給我看。」

「啊？」

被紫髮少女要求露出笑容，我的腦袋當機了片刻，反應過來後忍不住大叫出聲。

「——就說我不能笑了呀！」

到底誰才是黑猩猩呀？已經解釋這麼清楚了，難道從進門時就在看書的這傢伙，只有表面上看起來聰明嗎？

紫髮少女雙手抱胸哼了一聲，似乎對於我的質疑十分不屑。

「……不，你是說你能露出僵硬的假笑，我想見識你的笑容到底有多扭曲。」

「知道這個到底有什麼意義啊？」

「很有意義！如果要成為社團成員的話，這種程度的互相理解，是十分有必要的吧？」

這種程度的互相理解？

我一怔，之後忽然想起紫髮少女不願意應門的行徑，稱呼別人為黑猩猩的失禮風範，以及與拒絕聽別人自報姓名的奇葩想法。

拒人於千里之外的妳，現在居然說出「互相理解」這種形容詞來？我用不可思議的目光打量對方。

大概發現我的目光蘊含某種不對勁，又像是察覺自己的理虧，紫髮少女忽然臉紅了。

她用力偏過頭去，用有點惱羞成怒的語氣發話。

「煩、煩死了，不准用那種眼神看我！快點笑啦！」

「……」出於無奈，我深深嘆了一口氣。

接著，我露出一個在常人看來，像做鬼臉一樣的微笑。

「……」

「……」

紫髮少女盯著我看，我們在沉默中四目相對。

她先思索了幾秒，接著忽然拍了拍手。

「啊、果然你的笑容難看到會讓小孩子產生驚嚇的地步，以後可以用你的笑容代替洗豆婆婆來威脅小孩了。」

「才沒有難看到那種程度！」

傳說中，洗豆婆婆是一種會用篩子把人抓來吃掉的恐怖妖怪。笑容被與這種妖怪相提並論的話，就算是我也會有點尷尬。

或許是察覺我的怒氣波動，紫髮少女眨眨眼。

「黑猩猩十二號，你不高興嗎？我剛才明明拍手稱讚你了耶。」

「胡說八道！到底哪一句是稱讚我了？」

「就連願意承認你是黑猩猩的這一句也是呀？」

「……」

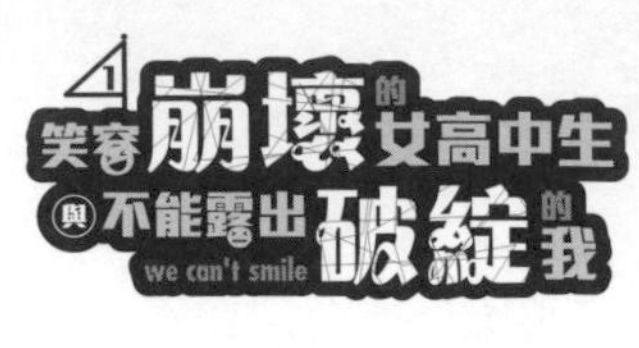

說完話，紫髮少女又拿起之前讀到一半的書本，雙手捧著開始閱讀。

我則是無言。

這個女人簡直不可理喻。

我深呼吸一口氣，卻無法將胸口的氣悶隨之吐出。

直到現在我連紫髮少女的名字都不知道，但我十分肯定這傢伙是個很難相處的怪人。因為從初遇開始，我們兩人的對話電波，從未處於同一個頻道上。

如果不是因為如漫天花雨般降臨的傳單，或許我一輩子都不會跟這傢伙建立任何交情——因為這傢伙是屬於那種會令旁觀者產生「呃呃，真想離她遠一點啊」想法的我行我素系少女。

對了……傳單。

對於以「人生不能露出破綻」為座右銘的我來說，哪怕只是不能笑，也會是巨大的人生缺陷。

所以，我不能在這裡退縮。

思及此，我耐著性子掏出放在口袋裡已經變得皺巴巴的傳單，對著紫髮少女一展。

「傳單上面寫著【一起建立社團，露出燦爛的笑容吧！】，這傳單是妳散發的吧？為什麼妳想創立這樣的社團？」

耳聞我的問話，紫髮少女沉默片刻。

因為低下頭閱讀，紫髮少女的臉藏在夕陽西下漸漸帶來的陰影內，我看不清她的表情，只知道她似乎陷入該不該開口的猶豫中。

兩人又沉默少頃，我終於得到對方心不甘情不願的回答。

「……黑猩猩十二號，雖然很不想承認，但我與你是同類。」

「……」

與我是同類？

聽見這答案後，我一愣。

「妳其實是黑猩猩嗎？」

「…………——!!」

用驚人的速度猛然轉過頭來，紫髮少女狠狠瞪視著我，那眼神可怕到彷彿想要咒殺對手。

她從牙縫擠出接下來的話語。

「人·家·是·指·不·能·笑·這·件·事——!!」

喔喔喔！原來如此！

迴避著對方恐怖的目光，我只能以乾笑作陪。

這時，我重回正題。

「妳居然也不能笑？」

「剛剛不是已經說了嗎！別再讓我說第二次！」

如果剛踏入這間教室時，紫髮少女對我的好感度是零的話，現在大概是負五十的程度。以美少女遊戲來比喻，現在就是選錯關鍵選項，必須讀檔重來的嚴重失誤。

但人生本來就是一款不能讀檔也不能重來的劣質遊戲，假若走錯選項的話，只能靠慢慢提高好感度來彌補。

不過，這傢伙也跟我一樣不能笑，真令人意外。有種「我不是一個人」的莫名安心感慢慢湧出。她不惜代價也要創立社團的動機，我也漸漸能夠理解。

這時候，紫髮少女按著自己的胸口，平順因怒火而起伏的呼吸。

好不容易冷靜下來後，紫髮少女開口。

「本小姐是一個公平的人，人生的原則是『公平就是一切』，既然你已經證明必須追尋笑容的理由，那就有加入這間社團的資格。」

「那麼，黑猩猩十二號，接下來你就在這張社團組建申請表上……」

紫髮少女還想繼續說下去，但我及時豎起手掌，打斷她的說話。

「——等等、給我等等。」

一直被叫黑猩猩，我的語氣也變得不客氣起來。

「哈啊？」

紫髮少女愣了一下，接著露出一種「你居然敢打斷本小姐說話」的不爽表情。

在她積蓄的怒火爆發之前，我趁勝追擊。

「妳騙人！妳的人生原則根本不是『公平就是一切』。」

遭到如此指責，紫髮少女勃然大怒。

「本小……」

「——假設如妳所說，『公平就是一切』，我明明已經笑過了，接下來該輪到妳了吧？換妳笑給我看。」

在她聲量即將拔高的同一刻，我搶先將心中的盤算吶喊出聲。

耳聞我的吶喊之後，紫髮少女把即將出口的言語與怒火吞了下去，臉色也漸漸漲紅。

雖然她剛剛聲稱自己也不能笑，但並沒有拿出證據。

我的座右銘是「人生不能露出破綻」。而已經發現我擁有「不能笑」這個破綻的紫髮少女，如果不在我面前展現「自己也處於相同窘境」的破綻，那我就會立刻轉頭離去。

以破綻交換破綻，兩者相抵，這很公平，也很理想。

只有這樣的方式，才能實現不露出破綻的人生，不至於被近在咫尺的人推入險境。

「……」

紫髮少女依舊漲紅著臉。自詡人生原則是「公平就是一切」的她，被我剛剛的話語所擠兌，久久無法言語。

像是在內心經歷某種激烈的交戰，遲疑許久後，她的面部肌肉終於牽動。

接著，紫髮少女陰沉著臉，好似巫婆在釘草人詛咒某個目標那樣，她的左嘴角微微翹起，同時右邊臉頰的肌肉不受控制地微微跳動，露出一個近乎抽搐的笑容。

為了實現自己的人生原則，紫髮少女終於笑了。

但是那笑容，比哭還要難看。

「呼……呼……呼……」

明明笑容維持不到三秒鐘，但紫髮少女卻像剛跑完一場馬拉松那樣，彎著腰，雙掌按在膝蓋上劇烈喘氣。

盯～

而我沉默不語，只是直勾勾地盯著她看。

紫髮少女慢慢直起腰，她與我的目光相觸的瞬間，像是意識到自己剛剛的失態被人看光那樣，瞬間變得滿臉通紅。

「嗚……!!」

盯盯～

我持續盯著她看

紫髮少女的臉越來越紅，用手掌擋在眼前試圖遮掩，卻擋不住幾乎要讓頭頂熱到冒煙的羞意。

「嗚嗚……!!」

盯盯盯～～

我不斷盯著她看。

「————………………！！！」

終於，情緒的火山徹底爆發。

用力一甩手，紫髮少女氣得大叫。

「煩死了、煩死了、煩死了，不准那樣盯著本小姐看!!」

「——啊啊啊、反正你一定準備說出：『這女人的笑容簡直跟被輪入道（註1）輾過的道路一樣猙獰』對吧？才沒有恐怖到那種地步！」

我一怔。

「我沒有那樣說。」

這是實話。

「——但你一定這樣想!!」

進入惱羞成怒狀態的紫髮少女、完全無法溝通。

我只能深深嘆氣。

註1　日本妖怪。

「冷靜下來了嗎？」

我轉過頭，然後發問。

經過十分鐘後，紫髮少女臉上的紅潮消退，終於鎮定下來，又變回原先那個趾高氣揚的她。

「……哼。」

紫髮少女雙手抱胸，滿臉不爽地坐在窗戶旁邊的座位上。她剛剛那十分鐘完全不想理我，導致我們之間的談話毫無進展。

大概也意識到這樣下去只是浪費時間，紫髮少女站起身，氣勢洶洶地走到我面前，把社團組建申請表塞到我的手上。

「……雖然你很討人厭，不過需要三名成員才能合法建立社團，本小姐就勉為其難地同意你加入吧。不過記住，一旦走出這間社團教室，就算在校內偶遇了也不要向我搭話，我們之間的關係可沒好到那個地步。」

其實我還沒答應要加入。

但我的目的本來就是找到解決自己「不能笑」病症的辦法，現在遇到身負同樣困擾的紫髮少女，或許能從她身上得到某些靈感也未可知。

於是，我看向社團組建申請表。

社團組建申請表上，社團名的部分還是一片空白——這傢伙居然連社團名都還沒想好，而且社團取向部分居然填著「露出燦爛的笑容」，這種胡鬧至極的社團真的能過審嗎？我很懷疑。

最後，我還是在社團組建申請表上簽署自己的名字。我的簽名位於「社員」欄位的第一格，而原本應該填寫紫髮少女簽名的「社長」欄位，此時還是空白的。

紫髮少女看了我一眼，接著快速走到黑板前方拿起粉筆，開始奮筆疾書。

「黑猩猩十二號，為了避免你又說出愚蠢的話，本小姐趁現在把話說清楚。」

迅速在黑板上寫下兩個字，接著紫髮少女颯爽轉身，「啪」的一聲將手掌拍在那兩個字上。

「共犯」，黑板上以龍飛鳳舞的筆觸，標示著這樣的字跡。

「——雖然因為同病相憐打算一起創立社團，但我們未來既不是朋友，也非夥伴！

「——充其量，就只是想逃離『不能笑』這間煩人監獄所締結的『共犯』關係！

「——所以你不要有奇怪的妄想，也別認為跟本小姐這種美少女共處一室會發生什麼香豔不可告人的情節。因為說穿了，會做出無謂行動妨礙逃獄的共犯，從一開始就沒有存在的必要！」

紫髮少女說話時的態度十分認真。

那絕非被奚落導致的惱羞成怒，而是她從起初就將這番話藏在內心深處，直到確認我也罹患「不能笑」症狀後……才將這番話，做為承認「共犯」資格的認證。

如果不認同她此刻的發言，恐怕就會被立刻遠遠驅逐，從此失去成為「共犯」的可能性。

只不過，雖然我對於紫髮少女的行事作風相當感冒，但她那不想交友的直白言論，以及對於「監獄」、「共犯」的古怪理論，卻銳利地直擊我的內心深處，並造成某種近奇異的共鳴。

……因為，這個世界確實如此。

人是不需要朋友的。同理，也能將朋友這詞彙替換成夥伴。

越是弱小的個體，越是需要混入群體，以名為「友情」的不安定要素，將自身張牙舞爪地武裝起來，藉此填補內心的空洞與不安。

但是，盲目的信任只會引來背叛。

因為沒有比人類的友情更加脆弱的事物——得到足夠的利益就會出賣彼此，夥伴不夠優秀就會轉而依賴他人……失去了利用價值，就會被對方塵封到記憶的最角落，不再給予絲毫熱情。

換句話說，唯有茁壯自我，成就「不具備任何破綻」的人生，才能造就真正的強大。

所以，在達成目標之前，比起朋友、夥伴之類的脆弱情感，「共犯」這層關係雖然也不怎麼理想，但相對來說卻更為可靠。

因為——

擁有相同的目標，才能提高走到相同路上的機率。

失去情感的束縛，才能最大限制保有理智。

將彼此的利益綁在同一條船上，面臨狂風暴雨時，眾人才會齊心協力度過難關。

也就是說，共犯之間的關係雖然薄弱，但有利可圖的合作關係，本來就是全天下最可靠的契約。

「……」

紫髮少女剛才的發言，正巧與我的想法不謀而合，才會在我的心湖激起陣陣漣漪。

在我剛剛沉默思考的同時，紫髮少女始終盯著我看，像是想猜出我思考內容那樣，她的目光十分銳利。

迎上她的目光後，我點點頭。

「……可以。」

「嗯？」

「既不是朋友，也不是夥伴，這樣正合我意——共犯的關係，我覺得很好，就維持這樣吧。」

我對紫髮少女這麼說。

「……哼。」

紫髮少女聽完我的答覆，撇過頭去。

「黑猩猩十二號，這是你踏進這間教室後最明智的抉擇。」

哪怕做出明智的抉擇，外號還是黑猩猩嗎？我無言片刻。

因為又被叫黑猩猩，我忽然想起某件事。

「名字呢？」

「……什麼？」

面對我突如其來的發問，紫髮少女皺眉。

而我則站起身來，走到黑板前，同樣一拍寫在其上的「共犯」兩個大字。

「既然成為了共犯，那某種程度上的情報交換，就是必要的吧。」

我拿著粉筆，接著又補充一句。

「……妳想想，連對方的名字都不知道，在想到辦法解決『不能笑』這個怪病之前，會有很多不方便的時候吧？總不能每次都以『喂』、『那個誰』來稱呼彼此，沒錯吧？」

我認為人不需要朋友，但前提是不會讓自己處於難堪的局面中。所以從進入這間社團的起初，我就想要報上自己的姓名，這是人與人之間基本的禮貌，也能夠稍微降低對方的敵意與戒心。

可是到了現在，我踏入社團教室已經半小時有餘，就連窗外的夕陽都越來越微弱，但我在心目中依舊只能以「紫髮少女」稱呼眼前這傢伙。

這怎麼想都很奇怪吧！

紫髮少女明明很想吸收新社員來建立社團，卻在交換姓名上這點這麼隨便，完全不是一名合格的招納者。

不過想想也是，如果她是合格的招納者，那在我之前就不會有十一個人因為受不了這個自我中心的女人而逃跑。

紫髮少女哼了一聲，她罕見地沒有反駁我的話語，而是認真地考慮我的說法。

過了許久後，她終於點點頭。

「……或許你說得對。哪怕是共犯，也必須有個區別彼此的方法。」

「那麼——就先來訂下第一條社規吧！」

搶走我手中的粉筆，紫髮少女像是得到了某種靈感，開始在黑板上奮筆疾書。

「社規之一——使用共犯代號區別彼此。」

明明連社團名都沒有，就開始創立社規，這怎麼想都很奇怪。

只是無視常理大概是紫髮少女的風格，她用極為自信的表情單手扠著腰，如此對我解釋。

「所以，取一個共犯代號吧，為了成為共犯、實現『追求笑容』的自我理想……這間社團內的成員，只允許使用代號。」

雖然理論聽起來不怎麼可靠，但轉念一想，這個人可是締造過「用五十臺直升機發傳單」的瘋狂行徑，這樣一思考，她會做出這樣的發言就顯得理所當然。

發覺自己說服了我，紫髮少女露出得意的表情。

「你仔細聽好，本小姐已經想好了自己的共犯代號。」

「哦？」

「黑猩猩十二號，洗耳恭聽的動作呢？」

「那是什麼動作啦！」

「……開玩笑的，黑猩猩連一點幽默感都沒有嗎？」

「……」

「集中精神聽好了，本小姐的代號是『十九凜凜夜』，這當然不是我的本名，不過是個好聽的名字，沒錯吧？」

十九凜凜夜？

我一怔。與數字有關的匿名啊……如果是某知名長壽綜藝節目中的主持人，這時候就會開一個「妳的妹妹該不會叫二十凜凜夜吧？」的玩笑。

因為這傢伙剛剛輕視我的幽默感，為了展示真正的幽默素養，我學著主持人的動作聳聳肩，並攤開雙手。

「妳的妹妹該不會叫二十凜凜夜？」

「……」

可是，在綜藝節目中會引起來賓大笑的姓名梗，十九凜凜夜聞言後卻面無表情。

別說露出笑臉，十九凜凜夜連做表情的力氣都懶得施捨。

似乎思考了兩秒鐘，十九凜凜夜再次發話。

「……黑猩猩十二號。」

「別再那樣叫我了啦！」

十九凜凜夜一口回絕。

「沒辦法，在你沒有共犯代號之前，我也只好這樣叫了。」

「……」

我無言以對。這傢伙太失禮了吧。

十九凜凜夜重拾話題。

「……黑猩猩十二號，創立社團需要至少三名成員，而我在剛剛確信了——你就是本社團最需要的成員。」

「怎麼說？」

「因為需要『尋求笑容』的話，多半是缺乏朋友的人。而你剛剛開的中年大叔玩笑，充斥著『我沒有朋友』的腐爛臭味。那個梗是出自某長壽綜藝節目對吧？你要搞清楚一件事，來賓和觀眾會哄笑，是因為必須給身為圈內前輩的主持人面子，並不是因為笑話真的好笑。」

「我……」

我原本想要辯解，但十九凜凜夜卻打斷我的話。

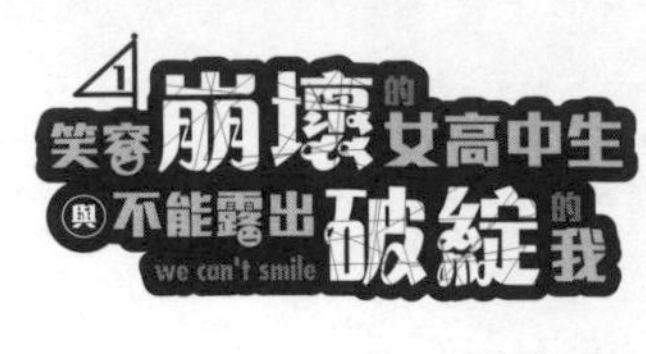

「——放心吧，雖然不像你那樣從言語根部開始腐爛，但是本小姐也沒有朋友。正因為如此，我才會存身於此，散發傳單募集社員，就為了實現『追尋笑容』的理想。」

「嗯嗯、這樣啊……」

雖然我並不介意被看穿沒有朋友的事實，但十九凜凜夜不留情面的說法，還是讓我有點臉紅——而且明明我們都沒有朋友……但是，就像在描述爛掉的豬肉那樣，這傢伙居然不停用「腐爛」、「腐臭」之類詞彙來形容我的悲哀。

更令人出乎意料的是，她那絲毫不體諒別人的冷酷，居然還能昇華到更高境界。

「……再來、黑猩猩十二號，如果不讓你入社的話，你未免也太可憐了。」

「什麼意思？可憐？」

「一看你的臉就知道——你平常根本沒有與女孩子說話的機會吧。真是可憐、太可憐了，如果加入這間社團，至少還能與本小姐這種美少女共處一室。你就在遠處抽動鼻子努力呼吸空氣，然後在年老之後，懷抱著願望實現的笑容死去吧。」

「什麼年老之後死去啊？不要擅自決定別人一生的願望啦！」

我感到臉上的熱度再次升高。

那熱度來自被人奚落的尷尬，也有忽然被說中事實的心虛。

……十九凜凜夜說得沒錯，我確實缺乏與女孩子說話的經驗，長年處於脫離群體的孤獨之中。

十九凜凜夜放下粉筆。

大概是覺得有點熱，這時候十九凜凜夜坐到窗戶旁邊的桌子上。她雙腳懸空，望著越來越是昏暗的天邊。傍晚的微風，正輕輕拂動她水手服的領結與裙底。

就像貓咪會不自覺地追逐會動的事物那樣，我的視線忍不住瞄向被風微微掀動的裙底，以及那被夾在黑色長襪以及裙子之間的絕對領域。

但在這時十九凜凜夜卻忽然轉過頭，與我視線對上。

被我以注視異性的目光打量，她的嘴角微微翹起，但卻不是展露微笑——而是一種帶著「你果然在看啊」，這種居高臨下看破別人心意的微妙表情。

「……哼，色狼。區區的黑猩猩對人類也有興趣嗎？」

她用手掌護著裙底，而我則是尷尬地轉開視線。

在我看向旁邊的時候，忽然又聽見十九凜凜夜發話。

「那你呢？」

我不解其意。

「什麼？」

十九凜凜夜繼續開口。

「你的共犯代號呢？還是你打算就用『黑猩猩十二號』做為一輩子的代號？」

「……請容我拒絕。」

畢竟黑猩猩十二號也太難聽了。

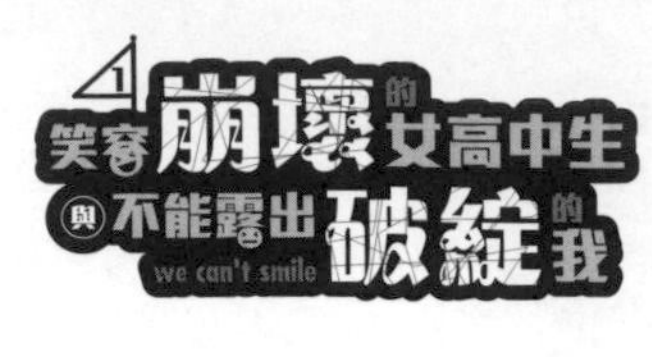

我摸了摸下巴，做出思考的模樣。

其實在十九凜凜夜說出「社規之一──使用共犯代號區別彼此。」這段話時，我就已經考慮好自己的共犯代號。

就像網路遊戲的ＩＤ那樣，名字要名副其實，才能給別人留下深刻的印象，進而在遊戲世界裡獲得人際關係上的優勢。

雖然我認為依靠人際關係只會讓自己變得弱小，我既不需要也不想要，但那並不妨礙我想出一個適合自己的響亮代號。

啊啊……話說回來，以「毫無破綻的人生」為目標的我，也只能用那個代號了吧。

在遙遠的過去，曾經有一個男人，為了追求「毫無破綻的人生」，而在歷史上留下鼎鼎大名。

而今日……我也追尋著那個男人踏過的路徑，走在邁向完美人生的路途中，那當然就必須繼承那個人的精神，將他的名號暫時冠於己身。

想到這裡，我站起身來，看向十九凜凜夜。

十九凜凜夜面無表情地回望我。

我深深吸了一口氣，雙手叉胸，鄭重向坐在窗邊的十九凜凜夜開口宣布自己的共犯代號。

「聽好了，十九凜凜夜。在遙遠的過去，曾經有一名劍客，為了讓自己的人生達到毫無破綻的至高境界，終生未曾婚娶，甚至為了時刻握刀在手保持警惕，連澡也不洗……

「但這個男人的努力有了回報，由於對至高境界的目標堅持不懈，最終他名傳百世，劍豪的美稱響徹雲霄。

「沒錯，這個人就是『二天一流』的創始者——宮本武藏!!」

說到這裡，我無法自制地露出嚮往的神情。

「所以了，如果非得擁有鑑別自我的共犯代號，為了接近先賢之理想……毫無疑問，代號也只會是這個——

「——也就是說，我的共犯代號是『二天一流・宮本武藏』！」

結束話語後，我自信滿滿地看向十九凜凜夜。

……我很確信。

我很確信，這番發自肺腑，充滿理想的言談，不管再怎麼冷酷無情的人都會被打動。

「啊啊……真是個好名字啊。」據我猜想，在露出感動表情的同時，十九凜凜夜會這麼說。

——!!

只是，與十九凜凜夜對視第一眼後，我頓時吃驚地倒退兩步。

因為，在聽完我的說話後，十九凜凜夜依舊面無表情地回望著我。

「……說完了嗎？」

「嗯，我說完了。」

「……換本小姐說話了嗎？」

「嗯，換妳說話了。」

沒頭沒尾的交談持續了兩秒鐘。

十九凜凜夜依舊維持那淡漠的表情。

「那好，剛剛那代號難聽死了，換一個吧。」

「——————!!!!!」

無視我震驚至極的神情，十九凜凜夜繼續發話。

「……而且太長了，『喂、二天一流宮本武藏』、『那個誰、二天一流宮本武藏』，唸起來麻煩死了。」

「——胡說八道!!才八個字而已，妳的代號『十九凜凜夜』不也有五個字嗎!?只有妳能照自己的喜好取，這不公平吧！」

「不行，總之你不能用。」

這個女人簡直不可理喻。

但仔細想想名字確實難唸，於是我耐著性子，主動退讓一步。

「不然我退一步，代號改叫『宮本武藏』吧。」

「不行，也不能叫這名字。」

十九凜凜夜依舊堅持。

聞言，我一怔。

說好的「公平原則」呢？

先前十九凜凜夜為了維持自己的「公平原則」，不惜暴露自身最大的弱點，勉為其難笑給我看。

——然而，此刻我的說法在情在理，甚至拋出了十九凜凜夜最在乎的「公平原則」做為辯解，她竟然固執地不肯放棄，就為了區區的一個代號之爭。

這不合情理。

可是，她的目光分明極為堅定，甚至近乎執著。

哪怕是先前勸說我加入社團時，她也沒有如此認真過。但僅僅為了阻止我用這個代號，她完全不肯讓步。

我不明白她的執著因何而來……又從何而生。這明明只是一件關於代號的小事，因此更令人不解。

在重重疑惑之間，我看見十九凜凜夜從靠窗的桌子上滑下，慢慢向我走來。

最後，她在離我五步之外站定。

在太陽徹底西沉的昏暗光線中，站在空曠教室的正中央，十九凜凜夜用緩慢的語速發話。

「……本小姐是一個公平的人，現在是，以後也不例外。」

「……如果你願意放棄『二天一流・宮本武藏』這名字，我也會給予你相應的賠禮。」

賠禮？

什麼賠禮？

正當我思索十九凜凜夜行為的用意時，她忽然有了動作。

十九凜凜夜忽然掀起自己的水手裙，將其拉高直至胸口，導致純白的內褲，就這樣毫不設防地暴露在外界。

十九凜凜夜的從容消失了——取代原先的情緒，她露出一個皺起眉頭、充滿厭惡的表情。

那是一種——宛如雪白的襯衫忽然沾上墨汁、那種感到自身被玷汙的強烈厭惡。

可是，哪怕抱有這種程度的負面情感，身為青春少女的凜凜夜，也無法避免地對「在男人面前露出內褲」這一舉動感到羞恥。

最佳的證據，無疑是以肉眼可見的速度、迅速襲上十九凜凜夜雙頰的紅霞。

既厭惡而又充斥羞意——在令人驚異的景象中，她紅著臉繼續說下去。

「……我從來沒有在其他男人面前，露出這副丟人的模樣。以此來實現原則，並且做為賠禮的代價，應該足夠了吧？」

「……」

由於太過吃驚，我的回話慢了半拍。

大概將我的沉默誤認為不滿……十九凜凜夜對我投向充滿羞憤的目光，並咬緊牙關做出決定。

「……這樣還不夠嗎？那本小姐就追加籌碼吧。」

於是，十九凜凜夜用嘴巴咬住水手裙的下襬，雙手移至腰間，居然打算脫下自己的內褲，做為追加的籌碼。

見狀，我急忙出聲阻止。

「夠了！快住手！」

我再次出口的話聲，因為吃驚而導致產生停頓。

「妳、其實是痴女嗎？」

「宰了你哦？用篩子把你抓來吃掉哦？」

十九凜凜夜惡狠狠地瞪視我，就算在這時候她也堅持著對於洗豆婆婆傳說的偏好，真是個怪人。

但先不論洗豆婆婆，被一個正掀起裙子並打算脫下內褲的女人紅著臉威脅了，這怎麼想都不對勁。

可是，宮本武藏是我的偶像，在代號上我不能輕易讓步。

「凜凜夜同學，我明白妳的誠意了。但宮本武藏是我的……」

「——在看著別人內褲的同時，一邊起生理反應一邊說出道貌岸然的藉口，你真是差勁的男人。」

我的話被十九凜凜夜給打斷。

她的話語，尖銳到刺破我的羞恥心，讓我感到臉頰發熱。

「我才沒有起生理反應——就算有也不是我的錯!!是擅自露出內褲的人的錯！」

「眼睛看哪裡是你的自由不是嗎?自顧自地把過錯推給他人，這種狡猾的行為，只會讓你在我心目中的好感度分數再扣上個五十分，現在變成負七十分了。」

「我剛遇見妳的時候有幾分?」

「十分。」

「居然起始值就這麼低啊!!」

「順帶一提，一般來說陌生人有三十分。」

「別再打擊我了好嗎！」

如果以戀愛遊戲來比喻的話，這就是一個零攻略可能性，口氣還十分惡劣的戀愛對象。這可是會激起公憤，導致監督必須連發十篇推特道歉的巨大惡行！

但從頭到尾，十九凜凜夜都維持著掀起裙子的姿勢與我對話，這讓我的內心浮現濃厚的罪惡感。

而十九凜凜夜敏銳地把握這點。她維持露出內褲的動作，口中叼著裙子，用含糊不清的話聲趁勝追擊。

「……縮以，到底怎麼樣?打算放棄原本那個代號了嗎?」

「……」

我仰天嘆出一口長氣。

結果令人氣餒，因為十九凜凜夜的樣子不對勁，我只得放棄想要的代號。

在令人尷尬的情況過去後，而因為天色已晚，距離打工的時間也逐漸逼近，我打算向她告別。

約定明天在社團集合的時間後，我轉身離開。

此刻已然徹底入夜。

在那深沉的夜色中，剛剛踏出教室大門的我回頭望去。

於無盡陰影的籠罩中，十九凜凜夜在座位上抱著膝蓋蹲坐。

這名少女，對我來說依舊充滿謎團。

第二章　七花暖暖陽

隔天，我的共犯代號被決定為「二藏」。

將原本的「二天一流・宮本武藏」留頭取尾，就成了這個不太威風也不太有格調的代號。

但我無可奈何，因為十九凜凜夜口中的公平，就是組成這代號的最有力基石。

我可不想再看到她掀起裙子，如果被第三者撞見這場面，我多半會被誤認為是脅迫少女露出內褲的惡棍，因此陷入百口莫辯的糟糕處境。

「二藏，你應該清楚今天的目的吧？」

十九凜凜夜這麼問我。

面對這性格怪異的傢伙的提問，我只是聳聳肩，然後乾脆地進行回答。

「不清楚。」

十九凜凜夜皺眉，露出不高興的表情。

她伸出右手食指指向我。

「……負八十分。」

「我的好感度分數也下降得太快了吧！昨天不是還停在負七十分嗎!?」

「……那你就想點辦法，做一點你該做的事。」

「所以我到底該做什麼啊？」

「……哼，真是笨蛋二藏。這不是明擺著的事嗎？建立社團需要三名成員簽署申請書，所以我們至少還需要募集一名成員。」

經過簡短的對談後，十九凜凜夜顯然對於我的遲鈍相當不滿，態度也因此變得更加冷淡。

「算了，真是派不上用場。你就在旁邊看著吧，本小姐會靠自己超高的手腕『獨自』招募社員的。」

她說到「獨自」這兩個字時不悅地加重語調。

於是我拉過一張椅子坐下，做為局外人，在旁邊觀摩十九凜凜夜的社員招募手段。

「——喂！黑猩猩十三號，你愚蠢到連自行開門的判斷力都沒有嗎？等等、你要去哪裡？給我回來！

「——黑猩猩十五號，給我搞清楚了，現在是本小姐在對你提問，不准胡亂插嘴……等等、你要去哪裡？給我回來！

「——黑猩猩二十三號，你是笨蛋嗎？是無可救藥的笨蛋嗎？這間社團可是擁有崇高的理想，像你這種輕浮的……」

在很短的時間內，十九凜凜夜面試了十幾名因好奇而來訪的社團參觀者，而這些人無一例外，全都被那不耐煩的語氣與陰沉的眼神給嚇跑了。

想想也是，仰賴動機與意義完全不明的廣告傳單，加上招攬者左一聲「黑猩猩」右一聲「笨蛋」，局面會發展成這樣完全是自作自受。

直到黑猩猩二十七號也倉皇而逃後，十九凜凜夜忽然轉過頭，用不敢置信的目光看向我。

「……為什麼我們會招攬不到成員呢？」

聞言，我吃了一驚，用更加不敢置信的目光回望。

「……妳怎麼會不知道答案呢？」

「……」

聽見我的回答，十九凜凜夜用極為冰冷的眼神盯著我看。

這一天直到解散為止，她沒有再對我說過半句話。

開學後第三天。

我再次踏進位於八樓的社團教室，而十九凜凜夜依舊在閱讀。

她面前的桌子上擺著厚厚一疊書，手上拿著的書籍，書名是《你所不知的礦物種類差異》。

仔細一想，昨天無聊時她在看的書似乎是《區別冰山危險性的二十種方法》。這些書的共通點都是超級冷僻，乏人問津到擺在圖書館一輩子都未必會被借閱的程度。

敏銳地察覺遭人注視，於是十九凜凜夜迎上我的視線。

她看起來心情很不好。我的「人生破綻雷達」，也偵測到殺氣，發出危險的嗶嗶警告聲。

「……二藏，你是不是在想，為什麼本小姐今天心情特別差勁？」

「不，跟平常沒有兩樣。那副浪費美貌的不爽表情，本來就是妳的招牌寫照——」

——雖然我想這麼說，但還是理智地沒有把話出口，最終選擇了沉默。

於是我搖搖頭，轉開視線。

如果十九凜凜夜能夠正常露出笑臉的話，肯定會可愛許多吧。

她看我不說話，翻了個白眼，自顧自地把話題延續下去。

「……既然你想知曉原因，那本小姐就勉為其難、大發慈悲地告訴你好了——因為一直都沒有新成員加入，這樣下去社團根本無法成立！這可是糟糕到不能再糟糕的糟糕大事！」

她用了三個糟糕加以形容，大概真的很在乎這件事。

轉而把手肘撐在桌上，十九凜凜夜以單掌托住腮幫子，

「那麼，二藏，我們來討論原因吧。你覺得為什麼沒有志願者想加入呢？」

「啥？不是都被妳趕跑了嗎？光是昨天就有快二十個人拿著傳單來這裡造訪過耶！」

我實說實說。

但十九凜凜夜聞言卻雙眼瞪大，滿臉不可思議，露出「你這傢伙在說什麼啊？」的表情。

「那些粗魯又醜惡的怪物怎麼能算是志願者？」

「別把一起上課的同學形容得像ＲＰＧ裡的半獸人一樣好嗎！」

「……可是跟本小姐比起來，他們確實跟半獸人沒兩樣啊？」

「……」

到底什麼樣的腦袋構造才能做出這樣的回答？算我服了妳了，凜凜夜大小姐。

不過平心而論，十九凜凜夜的美貌確實超乎尋常。她擁有如同花朵般的柔弱氣質……可是，如果旁觀者貿然向花朵伸手，一不留神就會因花上的暗刺而受傷。

既柔弱而又危險，這大概是十九凜凜夜的最佳寫照。

「你為什麼一直打量本小姐？」

「……」

「又想看內褲嗎？你果然也是半獸人嗎？」

「——單純只是不想理妳而已啦！不要用這麼變態的說法曲解別人的沉默！」

「那為什麼不理我？你不怕印象分數變成負一百分嗎？」

「真是抱歉啊，愚昧的在下我——看不出來負八十跟負一百有什麼差別！」

「你果然連算術都不會嗎？」

「根本不是會不會算術的問題！」

「哦？不然是什麼問題呢？」

說到這，十九凜凜夜露出似笑非笑的玩味表情。單純做出這種詭笑的話，她的笑容倒是不會抽搐崩壞。

因為某種我無法理解的原因，她對於「我在十九凜凜夜心目中的印象分數」這話題上非常執著。執著到哪怕持續糾纏，也想在這個話題上取得主導權。

而且，十九凜凜夜的攻勢顯然成功了。

一直以來恪守「不能露出破綻」原則的我，在言語交鋒中輕易落入下風還是第一次。也許十九凜凜夜天生就是個談判高手，又或者她對於這種不講道理的糾纏特別有一套，總而言之——

這個女人很難對付。

她那幾乎達到耀眼地步的出色美貌，以及不按常理出牌的行事作風，當這兩者合力成為攻城陷地的武器時，令人難以招架。

哪怕雙方陷入短暫沉默的現在，十九凜凜夜也依舊維持著那似笑非笑的表情，默默地盯著我，用那無聲的強勢氣場，等待我踏入剛剛「哦？不然是什麼問題呢？」的好感度陷阱。

但如果不回答的話，我就會被那表情逼到無路可退。

正當我左右為難時，忽然有救星般的聲響，在走廊上響起。

噠噠、噠噠、噠噠、噠噠噠……

那是學生皮鞋，踩在走廊上激起的輕微回音。

這種聲音我昨天聽得很多，如果有學生來到這個偏僻的校園角落，肯定就是被滿天傳單吸引的好奇寶寶。但這些潛在的社團預備成員，全都被十九凜凜夜給嚇跑了。

「……有人接近了，大概是看到傳單過來的志願者。」

腳步聲距離教室大門越來越近。

而突發的狀況，也讓我藉此逮到一瞬間的空隙，從十九凜凜夜的笑容中脫逃。

大概是因為獵物從魔爪下脫逃，十九凜凜夜心情變得相當不悅，她用陰沉的表情盯著大概馬上就會被拉開的教室大門，渾身散發「去死吧、去死吧、黑猩猩二十八號去死吧——」這種讓心聲幾乎化為實體的意念。

噠噠、噠噠、噠噠噠。

腳步聲的主人在門口止步，像是抬頭在確認教室號碼那樣，先是停頓片刻。

接著——與過去所有來訪者「先敲門」的行徑相悖——下一刻，腳步聲的主人直接拉開了大門。

站在門口的，是一名外型亮麗的金髮少女。從制服的樣式看來，她也是一年級的新生。

金髮少女擁有如同天使般的精緻容顏，長長的金髮略微分岔成波浪狀，眼睛則是帶著粉意的桃紅色——並且極為顯眼的是，雖然她的個頭嬌小纖細，但卻擁有相當豐滿的胸部。

直觀來形容的話，金髮少女擁有與十九凜凜夜不相上下的美貌，是屬於能登上流行雜誌封面的那類型美女。

但與規規矩矩穿著校服的凜凜夜不同，金髮少女的水手裙短到足以挑戰校規的容忍程度，不光手腕上戴著銀光閃閃的細手鍊……就連領結與黑色過膝襪，也並非統一規定的款式。

像是在拚命強調「自我的價值觀」那樣，這種青春期女孩特有的小小叛逆，在中學時就很常見。為了追求流行與美觀程度，她們往往勇於以身犯險，在校規與師長的目光之間，不斷進行試探的拉鋸戰。

不過，最引人注目的還是、金髮少女彷彿掛戴耳機那樣，在脖子上掛著一副貓耳。那貓耳看起來很像 Cosplay 的道具，但對於這類型的女生來說，多半也只是裝飾用途吧。

「……!!」

瞪著眼前的陌生訪客，明明從不應門，但原本就很不爽的十九凜凜夜還是大怒。

「喂，妳為什麼不敲門？」

「……咦？可是人家聽說這裡就算敲門也不會有人回應喔？所以人家就直接進來了，這不是很合理嗎？」

金髮少女露出微笑。她笑起來的模樣超級可愛。

接著，金髮少女直視凜凜夜的雙眼，繼續發話。

「哎呀哎呀……還是說妳很介意這點呢？只是，畢竟不應門的人也有一半的過錯，妳應該會原諒我對吧？」

她的話語與那天使般的微笑相反，帶著近乎驕傲的強烈自信。

那種自信，我雖然不具備，但卻對其有相當深刻的理解。

……為了不露出破綻，這十多年來，我始終發動自主命名為「人生觀察家」的技能，靜靜旁觀著名為人生的棋局。

毫無疑問，與十九凜凜夜過於孤僻的冷傲不同，金髮少女那種不斷散發強烈自信的氣質，更接近「長久以來身為群體中心人物的傲慢」。

——每個班級，甚至是每個小群體裡肯定都會有那樣的人存在吧。人緣極佳，如同眾星拱月般的存在，不管提出什麼樣的意見都會被優先採納，屬於那種號召「大家今天一起去唱卡啦ＯＫ吧」，就絕對不會有同伴唱反調的領頭人物。

可以說，金髮少女原本就擁有得天獨厚的優勢。只要性格不像十九凜凜夜那樣孤僻扭曲到極端的地步，光憑那難得一見的美貌，就能輕易招攬大批追隨者吧。

這時，依舊站在門外的金髮少女，目光開始朝教室內張望，將只有幾副課桌椅的空蕩教室盡收眼底。

接著，金髮少女笑了。她把鼻子抬高，臉上浮現「快感謝我吧」的得意表情。

「——果然如傳聞中一樣缺少成員，好好感謝人家吧，人家其實打算加入你們的社——」

砰——!!

站在門外的金髮少女一句話還沒說完，教室大門就在她面前被重重關上。

「……」

十九凜凜夜剛才一個箭步衝上前，然後當著金髮少女的面，一口氣把大門拉上了。

我吃了一驚。

門外的少女大概也極為震驚。

可是十九凜凜夜卻露出很滿意的表情，輕輕點頭讚許，像是在讚嘆自己的急智。

叩叩叩叩叩叩叩叩——!!

像是從驚訝中回過神來，門外開始響起金髮少女急切的敲門聲。

「——喂、喂喂喂!!妳幹麼!?開門啦!!」

十九凜凜夜當然不可能開門，於是金髮少女轉為極力想拉開大門，持反向意見的十九凜凜夜就這樣開始與對方的角力。

在兩名少女的角力之中，無辜的大門發出「喀喀喀」的刺耳聲響，在門框裡左右來回。

「嗚……嗯……呃……這隻金毛女猩猩的力氣好大……!!」

毫不客氣地將對方稱為金毛女猩猩，十九凜凜夜在露出吃力表情的同時，轉頭向我發出呼喊。

「二藏、快過來幫忙！這扇門絕對不能被打開!!」

她的呼喊聲非常急切。

我還沒從剛剛的驚訝中回過神來，這時更是滿臉問號。

見我沒有展開行動，十九凜凜夜繼續大喊。

「——這個無禮的女人，在我心目中的印象分數是負一百萬分！她明明渾身散發出『人家很多朋友喔！』的腐爛臭味，笑容又燦爛到令人想吐，居然還妄想進入這間神聖的社團！這簡直就像渾身掛著豬肉的人去穆斯林的家裡作客一樣，是不能被原諒的愚行！」

「呃……」

「笨蛋二藏！別遲疑了，唔……呃……快一點，本小姐真的要支撐不住了！」

就在我遲疑的同時，似乎快要在角力對決中敗北的十九凜凜夜，為了獲得幫手，又趕緊補充對方的罪行。

「聽好了，這個女人可是在開學後短短三天內，靠著那勉強還過得去的長相跟令人想吐的笑容就招攬到很多朋友——最令人無法容忍的是那些朋友都是女性!!那些明明應該要嫉妒到發狂、在比自己優秀的同性別對象的鞋櫃裡放上一堆圖釘跟蟑螂，然後暗地裡嘲笑他人的傢伙，居然就這麼露出討好的表情圍繞在她身邊！仰賴笑容獨攬這麼多好處，這女人簡直罪無可赦！」

就好像有過親身經歷那樣，十九凜凜夜把鞋櫃被放圖釘跟蟑螂的行為形容得非常生動。

門外的金髮少女，也聽見了十九凜凜夜的話聲，不甘心地發出大叫。

「少胡說了陰沉女，快點讓人家進去啦！」

「吵死了、吵死了！妳這色情脂肪怪！能夠開心露出笑容的人，不准越過這條名為門框的防線！」

「人家露出笑容關妳什麼事呀？還有誰是色情脂肪怪啊！」

「擁有走路時會搖來晃去的胸部，不是色情脂肪怪是什麼？少找藉口了，找藉口是最醜陋的行為！」

「……哼！因為自己胸部太小就貶低別人的價值嗎，妳才醜陋！醜陋又陰森森的，簡直像發霉的海苔！」

「妳・說・什・麼——!!」

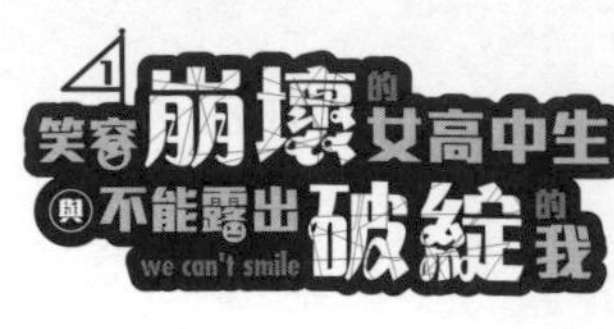

被形容為發霉海苔，十九凜凜夜的額際，赫然浮現數根青筋。她幾乎是怒極而笑，嘴角抽搐的笑容與怒火混織，形成有史以來最恐怖的表情。

「發霉海苔、發霉海苔、發霉海苔!!」

而門外的金髮少女也相當生氣，她持續發出宣洩不滿的大叫。

「…………………………」

「————!!」

十分鐘後。

這場賭上尊嚴的角力拔河賽，以雙方選手同時力竭倒地告終。

但金髮少女終究贏了一點點，她成功將大門拉開，自己卻倒在門外無力站起。

「呼……呼……認……認輸了吧？臭發霉海苔……」

「呼……呼……呼……妳這色情脂肪怪……少作夢了……只要妳沒踏進教室……就是本小姐的勝利……」

「呼……呼……那人家……就贏給你看！」

十九凜凜夜的發言，使金髮少女露出不甘心的表情。她用最後的力量緩緩移動四肢，手腳並用地匍匐前進。

「……!!」

發現對方的意圖，十九凜凜夜急忙伸出雙手，與對方十指交握，雙方呈現趴在地上較勁的僵持姿勢。

「……………………」

又一個十分鐘後。

十九凜凜夜與金髮少女都徹底脫力，兩人臉色發青地躺在地上，疲倦到連一根手指頭都動不了，渾身上下只殘存說話的力量。

「死色情脂肪怪、死色情脂肪怪、死色情脂肪怪、死色情脂肪怪……」

「臭發霉海苔、臭發霉海苔、臭發霉海苔、臭發霉海苔……」

到了這個地步，也不放棄吵架啊……

望著像死魚一樣躺在地上的兩名少女，我搔搔臉頰，感到相當頭疼。

為了避免這一幕嚇到新來的訪客，我將兩名少女搬到椅子上，讓她們趴在桌上休息。

必須預防兩人又忽然爭執吵鬧，我將十九凜凜夜放在教室的右上角，而金髮少女則是教室的左下角，兩人離得遠遠的，就像同極的磁鐵那樣互斥。

在我關起教室大門的同時，不禁也為了自身的霉運而感嘆。

「我窮盡心血，極力想要探尋『不露出破綻』的遠大志向……除此之外別無所求……」

我的話聲很輕，近乎喃喃低語。

「簡單來說，我只是想要笑而已。想要正常露出笑容，所以我需要理想的合作對象。」

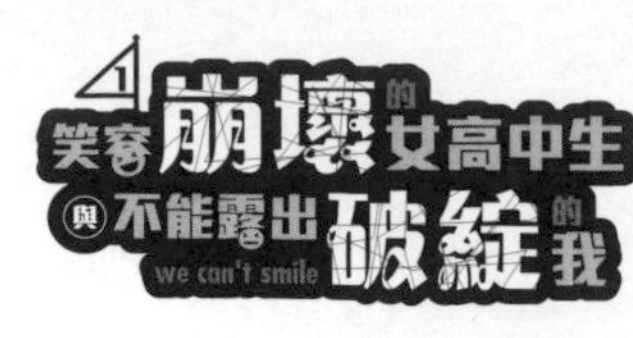

思考到這裡，我將視線投向十九凜凜夜與金髮少女，感到苦意不斷湧上心頭。

「可是，怎麼我碰見的，都是這些亂七八糟的怪人呢……」

經過充分休息，兩名少女逐漸恢復精神。

十九凜凜夜第一句話就將砲火對準我。

「二藏，你居然背叛了本小姐！」

「……我沒有。」

「你明明把那塊色情脂肪搬進教室了！喏，你看，就放在那個角落!!」

「……凜凜夜大小姐，妳仔細考慮看看。如果有人像屍體一樣倒在走廊上，這怎麼想都很不妙吧？說不定會有一大群人跑過來多管閒事喔！就連妳渾身無力的虛弱模樣都會被撞見，妳絕對不想那樣對吧？」

「本小姐當然不想那樣，可、可是——」

自尊心強烈的十九凜凜夜，當然不想被一群人撞見自己狼狽的樣子，因此她原先堅決的態度有了動搖。

又考慮片刻，「哼」了一聲之後，十九凜凜夜用力偏過頭去，勉強接受了我的說法。

接著十九凜凜夜轉過頭，看向教室另一端的金髮少女。

「喂，如果休息足夠的話，妳就可以走了。」

「……」

但金髮少女似乎沒聽見，她從剛剛就專心地盯著黑板看。

黑板上，除了角落寫著「社規之一——使用共犯代號區別彼此」之外，正中間也有「追尋笑容」這四個大字。

「追尋笑容」是十九凜凜夜為了強化社員信念而寫的，字體豎立在黑板的正中間，看起來十分醒目。

而金髮少女看見黑板上「追尋笑容」這四個大字時，露出閃閃發亮的期待眼神。

被無視的十九凜凜夜皺眉，用指節「叩叩叩」地敲響桌面，終於引起金髮少女的注意力。

「喂，色情脂肪怪！本小姐剛剛說，如果休息足夠的話，妳就可以走了！」

「不要。」

「妳說什麼!?」

「才——不——要——!!」

拉長了音調用力搖頭，金髮少女的態度極為堅決。

「人家看了傳單上面的招募訊息，也看到黑板上寫的字了，這間社團的目標是『一起追尋笑容』對吧？所以我要加入你們，這是已經被決定好的事。」

「什麼叫『已經被決定好的事』！胡說八道，社長可是本小姐！」

「咦……？真的嗎？妳這發霉海苔居然是社長？」

「妳居然敢露出那種吃驚的表情質疑我，詛咒妳喔！用寫上萬字文的稻草人詛咒妳！」

十九凜凜夜表情陰沉。

金髮少女則露出天使般的微笑，她輕輕將些許散亂的金髮拂到耳後。

「那麼，發霉海苔社長小姐，人家可以加入這間社團吧？」

「──我拒絕！我十九凜凜夜最喜歡做的一件事，就是對自以為是的人說『NO』！」

「就算妳抄襲岸邊露伴的名言，人家想要加入這間社團的決心也不會改變啦！」

「妳、妳居然也看過那部漫畫！不可原諒、不可原諒、不可原諒──!!明明漫畫是屬於被排擠在教室角落的人專屬的聖典，妳怎麼有揭開的資格？」

「噗噗噗……真是笨蛋發霉海苔。漫畫本來就是大家都可以看的通俗讀物哦？就算妳咬牙切齒地這樣形容，事實也不會有任何改變啦。」

被對方掩嘴發出「噗噗噗」笑聲的動作給激怒，十九凜凜夜氣得大叫。

「啊啊啊啊啊啊──氣死我了!!」

接著十九凜凜夜猛然轉過頭來，她看向我，以嚴厲的語氣開始指控金髮少女。

「二藏，這個惡劣的女人想要入侵這間社團，你居然不打算幫忙嗎？」

「呃……就算妳這麼說……」

實話實說，與那漂亮至極的外表相反，這兩名少女的個性一點也不可愛。一個冷傲孤僻，一個驕縱自滿，都不是我擅長應付的類型。

做個比喻，就像有兩隻凶狠的貓咪在爭鬥那樣，不管幫助哪方，都有可能被反咬上一口——這就是我目前的處境。

與其冒無謂的風險，不如獨善其身，所以我選擇靜靜在旁觀戰。

大概是發覺我的意圖，十九凜凜夜一愣，接著她滿臉不高興再次轉過頭去。

「算了、算了！不過是個笨蛋二藏，跟以前完全不一樣，一點也派不上用場！」

對於十九凜凜夜來說，我大概從來沒有派上用場過吧。

於是她打算自立自強。

十九凜凜夜站起身，走到金髮少女面前。她雙手扠腰，居高臨下地俯視依然坐著的對方。

「喂，色情脂肪怪，給我仔細聽好了。這間社團創立的目的，是讓沒辦法笑的『共犯』一起追尋笑容，像妳這種總是露出噁心笑容的肉塊，根本沒有加入的資格。」

說出這句話時，凜凜夜的表情很有自信。就像在遊戲中使用需要整條ＭＰ的大招那樣，這大概是她抓準破綻打出的全力一擊。

那自信的由來，來自占據了「道理」與「大義」的有利立場，所以她很堅信敵人會就這樣退縮。

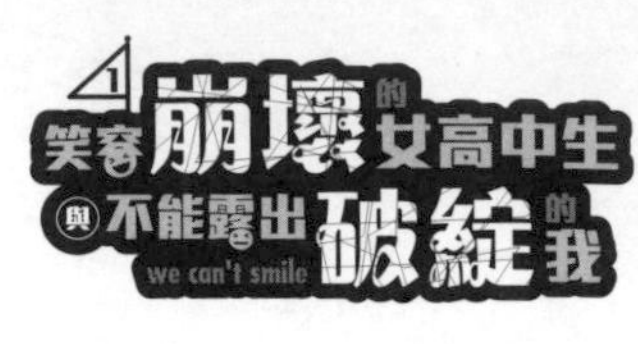

然而……

「……哎呀哎呀，這不是正好嗎？碰巧人家也沒辦法笑呢。」

金髮少女「啪」的一聲雙手合十，並且露出燦爛的笑臉。

自信滿滿的大招，被這種輕描淡寫的言語迴避，十九凜凜夜的額際再次浮現青筋。

「——妳這色情脂肪怪哪裡沒辦法笑了，這不是笑得很噁心嗎！」

「誒？但是人家真的沒有說謊哦——像這種社交用的笑容，充其量只能用來算是應酬的道具，不能算是真正的笑容吧？」

「……」

十九凜凜夜冷冷地打量金髮少女，像是在觀察對方有沒有說謊。

接著，她提出進一步的要求。

「那就笑給本小姐看。讓我看看妳真正的笑容。」

「……咦？」

「我的人生原則是『公平就是一切』！把妳的頭轉向左手邊，看到那個坐在角落一點都派不上用場的二藏了吧？本小姐可是忍受過與他交換彼此『真正笑容』的屈辱，這才認同了二藏擁有進入這間社團的資格——」

十九凜凜夜停頓了一下，接著繼續把話說完。

「——也就是說，色情脂肪怪，為了公平起見，妳也必須露出『真正的笑容』，讓我們見識妳的真面目——這就是加入社團的先決條件。」

「……咦咦？露、露出真正的笑容？」

聽見這個要求後……從碰面的起初，態度就一直十分高傲的金髮少女，態度首度軟化下來。

她的視線慌亂地游移了一瞬間，雖然馬上露出強裝鎮定的表情，但額際冒出的一滴汗珠卻出賣了她。

「妳、妳難道不相信我嗎？人家剛剛可是已經說了，自己平常露出的表情，只是社交用的笑容哦？」

「這不是理所當然的嗎！本小姐當然不相信妳！」

「妳好過分！一般來說不會這樣懷疑別人吧，這可是赤裸裸地破壞人與人之間信任的行為耶！」

「……哼！我才不會對稱呼我『發霉海苔』的女人手下留情。」

「妳還不是一直叫人家『色情脂肪怪』！」

面對十九凜凜夜的冷笑，金髮少女不甘心地大叫。

十九凜凜夜繼續死咬不放。

「煩死了！總之給我笑！讓我們看看妳想加入這間社團的覺悟——讓我們見識妳剛剛那句『碰巧人家也沒辦法笑』有多少分量可言！」

「…………——!!」

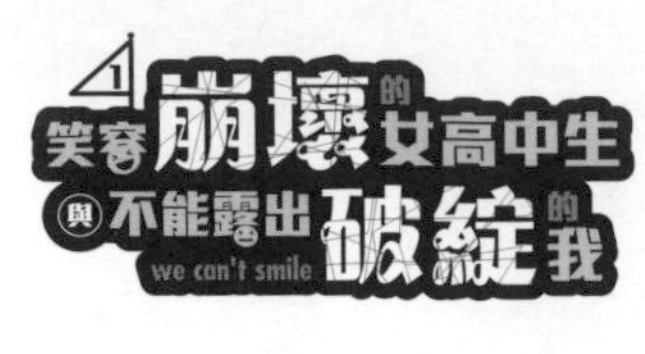

就像被逼到了絕路那樣，金髮少女的臉色開始變得蒼白。

可是，哪怕如此，她也沒有收回加入社團的請求。只是變得左右為難，似乎在拚命掙扎著立下決心，才能擠出「露出真正笑容」給我們看的勇氣。

那覺悟並非虛假，猶豫亦是貨真價實，因此我有點不忍心。

於是，在旁沉默已久的我，向十九凜凜夜發話。

「那個，凜凜夜。每個人都有自己不想說出口的小祕密，她看起來似乎很為難啊，就這樣讓她加入社團也沒關係吧？」

「……每個人都有不想說出口的小祕密？」

十九凜凜夜就那樣直直地盯著我的眼睛，輕聲地重複著我的說話。

在說出這句話時，像是回憶起某件事那樣，她的表情變得相當複雜。

最終，凜凜夜哼了一聲，不知為何變得很不開心。

「二藏，你是看這個女人長得漂亮，所以決定幫助她博取好感嗎？」

「……不，我沒有那個意思。」

「那我和她誰比較漂亮？」

「呃……」

凜凜夜忽然將話題轉至奇怪的方向，這問題讓我渾身一僵，下意識地看了看凜凜夜，又瞧了瞧金髮少女。

其實很難分出高下差距，因為兩個人都很可愛，論長相的話無可挑剔。

可是實話實說的話，肯定會被凜凜夜施以釘稻草人的言語詛咒，所以我只是苦笑著聳聳肩。

「真是優柔寡斷的男人！二藏，你這種行為就像鬼鬼祟祟偷走聖遺物的壞蛋一樣，會遭到魔女的萬字文詛咒！準備在噩夢中死上一百遍吧！」

十九凜凜夜說完話後，就滿臉不悅地甩過頭去。

「……」

好吧，或許不管怎麼抉擇，我都無法避免詛咒加身。

這時，在教室角落內心天人交戰許久的金髮少女，似乎終於有了決定。

她用很猶豫的聲音呼喚我與凜凜夜。

「……喂，你們兩個。」

「又怎麼了？色情脂肪怪。」

「……看到人家真正的笑容之後，不可以笑我喔。還有人家不是色情脂肪怪。」

「哼，妳的笑容再怎麼樣也不會比二藏的臉好笑，還是說妳對自己的長相其實沒有自信？」

雖然長相跟笑容沒什麼太大關聯，不過金髮少女聽到凜凜夜質疑自己，立刻也不滿起來。

「別、別開玩笑了！人家可是集上天寵愛於一身的神之少女哦？腦袋聰明、長相可愛，就連胸部也很大，怎麼可能對自己沒有自信！」

像是想藉由膨脹的自尊心武裝自己那樣，金髮少女用極為高傲的態度誇耀自身。

聞言，凜凜夜一撇嘴。

「那妳倒是笑呀？露出真正的笑容給我們看。」

「突然之間人家怎麼笑得出來！」

金髮少女有點生氣，十九凜凜夜馬上提出建議。

「笑不出來嗎？那就看二藏的臉吧。」

「不行，就算看他的臉也笑不出來」

「這樣啊，那情況真的很嚴重呢——」

喂！妳們兩個從剛剛開始就一直在討論很失禮的事情喔！

像是已經確信自己的勝利，凜凜夜露出好整以暇的笑容。

「不過……既然妳不願意笑，那就只好請回了。畢竟這間社團不需要，不能證明自己的社員——」

一邊這麼說，凜凜夜回到自己的位置坐下。她不知道從哪裡拿出了茶杯開始泡起紅茶。那刻意裝作若無其事的模樣，反而讓金髮少女更加不甘心。

「嗚……笑就笑！反正笑給妳看就可以了吧！」

接連受到凜凜夜的挑釁，金髮少女按著胸口深深吸了一口氣，努力平穩自己的呼吸。

當她再次吐出胸口的濁氣時，也露出一種「豁出去了」的堅定神情。

接著，金髮少女笑了。

在其他兩人面前，她首次展露自己的真正笑容。

「哼，大驚小……噗——!!」

「咳、咳、咳咳……妳、妳——妳這是什麼笑臉——!?」

原本想要裝出鎮定喝紅茶的模樣、然後盡情嘲笑對方的十九凜凜夜，在看見金髮少女的真正笑臉後，毫無形象地噴出口中的紅茶，濺得滿地都是水漬。

但在劇烈咳嗽的同時，十九凜凜夜兀自驚呼出聲，這是我第一次見她如此失態。

而我也吃驚到站起身來，差點撞翻桌子。

因為金髮少女剛才露出的笑容，實在太過驚人。

在笑的時候，金髮少女的臉色潮紅，雙眼無法控制地上吊、並且從微張的嘴巴內吐出舌頭。

這笑容……

……是日本色情漫畫中，被稱為「アヘ顔」（註2）的存在。

註2 典型的「アヘ顔」為雙眼上吊、張嘴吐舌並臉頰泛紅，瞳孔有時會變成星形或心形。常見於色情漫畫中，女性高潮時的誇大表情。

盯。

我盯著金髮少女看。

盯盯。

凜凜夜也盯著金髮少女看。

盯盯盯盯盯盯盯。

我們一起盯著金髮少女看。

「————!!」

訝異、困惑、憐憫、震驚，被混雜各式各樣情感的眼神盯著直看，露出「アへ顏」的金髮少女，整張臉蛋先是越來越紅，紅到像是頭頂快要冒煙。

從見面的起初，就以強氣而又驕傲的態度，與凜凜夜針鋒相對的金髮少女……此刻，內心終於承受不住，表情開始抽搐，徹底邁向情緒破滅崩潰的不歸之路。

祕密被揭曉引起的羞憤，讓金髮少女紅著臉發出幾乎扯破喉嚨的大叫聲，將一切能抓起的東西向我們丟來。

「煩死了煩死了煩死了煩死了煩死了煩死了煩死了煩死了煩死了煩死了，你們煩死了————！！！人家都這麼委屈了、人家都這麼委屈了、人家都這麼委屈

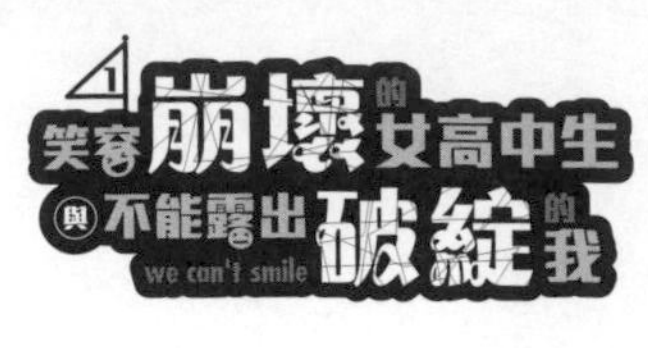

了、人家都這麼委屈了——!!所以讓人家加入啦、所以讓人家加入啦、所以讓人家加入啦、所以讓人家加入啦、所以讓人家加入啦————!!人家可是集上天寵愛於一身的神之少女哦?腦袋聰明、長相可愛,就連胸部也很大,所、所、所、所以不要用那種複雜的眼神看我啦——!!」

像瑪利歐丟出烏龜那樣不斷投擲飛行物體,情緒潰堤的金髮少女開始眼角泛淚。

「色情脂肪怪,不要亂丟東西,那都是本小姐的書!」

十九凜凜夜一邊閃避一邊大叫。

或許是凜凜夜的警告發揮作用,金髮少女稍微冷靜下來。

金髮少女投擲的動作停頓,而她滾著淚珠的桃紅色雙目,也隨之透出期盼的光芒。

「那……那妳會讓人家加入嗎?」

「——才不要!現在立刻從這間教室滾出去!」

凜凜夜完全不進行思考,指著大門口的方向,反射速度超快地道出殘酷的話語。

「嗚……嗚哇啊————!!!!」

這次金髮少女真的哭了。

做為彈藥的書籍很快用盡,哭得一把鼻涕一把眼淚的金髮少女,情緒變得更加激動。

接著,金髮少女撲上去抱住凜凜夜的手臂拚命搖晃,把眼淚鼻涕全部抹在她的制服外套上。

「人家也很想追尋真正的笑容、很想追尋真正的笑容、很想追尋真正的笑容、很想追尋真正的笑容、很想追尋真正的笑容、很想追尋真正的笑容——!!所以讓人家加入這間社團啦——!!」

「煩死人了，離本小姐遠一點，妳這噁心脂肪怪!!」

十九凜凜夜用手掌拚命將金髮少女湊近的臉推開。

「讓人家加入啦、人家也很想笑、很想要露出真正的笑容與朋友相處啦——!!」

金髮少女在哭泣的同時放聲大喊。

凜凜夜也拚盡全力掙扎，但卻敵不過對方牢牢抱住自己的蠻力。

「走開啦!!」

「我不要，除非妳答應讓人家加入——!!」

「快點走開——!!噁心死了，不要用妳那噁心的胸部一直磨蹭我!!」

「那就答應讓人家加入、答應讓人家加入啦——!!」

金髮少女抱住十九凜凜夜的腰部，緊閉起雙眼不斷發出大喊，一副視死如歸的氣魄。

最終，直面對方堅強的意志，就算一向高傲的十九凜凜夜，也不得不舉起白旗投降。

「——知道了知道了，讓妳加入啦!!」

聞言，金髮少女一愣。

她那張哭臉，呆呆地望著十九凜凜夜。

像是不敢相信自己聽到的話那樣，她放開凜凜夜之後，輕聲提出詢問。

「……真的嗎？」

「對啦！」

「……真的真的嗎？」

「煩死了，真的啦！」

「——萬歲！太好了!!」

金髮少女跳起身拚命歡呼。

十九凜凜夜無奈地嘆了口氣。

「……」

滿地書籍的凌亂教室，一名滿臉不悅的少女，一名歡呼雀躍的少女。

在我眼中彷彿停格的這一瞬間，成為本社團，迎來第三名成員的重大時刻。

事後。

金髮少女在休息過後，很快恢復活力。

將雙手抱在胸前，金髮少女坐在講臺前的椅子上。

她交叉併攏自己帶著恰到好處肉感的雙腿，一反剛剛鼻涕眼淚直流的形象，又變得十分高傲。

「……你們可別搞錯了，人家剛剛的脆弱只不過是戰術性偽裝，可不是屈服於你們。說穿了，人家腦袋聰明、長相可愛，就連胸部也很大，簡直是──」

「……簡直是集上天寵愛於一身的神之少女？」

我無力地吐槽，因為我已經聽到會背了。

但金髮少女看上去卻很高興。

「沒錯！二藏同學，沒想到你居然比外表看起來聰明多了，就收你為人家的奴僕一號吧！」

「──請恕我拒絕。」

「……咦？你這話認真的嗎？外面可是很多人在排隊當候補哦？」

聽見我與金髮少女的交談，十九凜凜夜不知為何皺起眉頭，露出不開心的表情。

她打斷了我們，將話題轉到社團的「共犯代號」上。

「算了，既然妳已經加入這間社團，那就該擁有一個專屬的『共犯代號』。依本小姐來看……既然妳的笑容是那樣子，代號不如就叫『色情脂肪怪‧ＭＡＸ』吧？」

凜凜夜冷酷地提出建議。

但是，已經恢復精神的金髮少女馬上反擊。

「人家才不要！那樣人家不就會被誤認為是色色的女生嗎！照這樣說的話，妳的代號應該要叫『發霉海苔』！」

「妳說什麼——!!」

「……——!!」

眼看兩人又要開始爭執，我嘆了口氣。

爭吵終於結束時，已經過去二十分鐘。

局面再次重回正題。

這時候，金髮少女已經想到自己的共犯代號。

「這樣吧，人家的代號決定了，就叫做——

「——七花暖暖陽！

「跟你們一樣都是以數字做為開頭，這再好不過了，而且——」

金髮少女——或者說七花暖暖陽，她說到這裡一頓，先得意洋洋地看了凜凜夜一眼，然後才接續話語。

「——而且，溫暖的太陽能驅趕黑夜，怎麼想都比凜凜夜聽起來更厲害，對吧？」

「……」

氣氛沉默了一瞬間。

兩名少女對視。

我的「人生破綻雷達」，開始嗶嗶作響。

看看時間，打工時間也到了。

於是——

我拿起書包，離開教室。

在走出教室之後，聽著身後傳來的爭執吵鬧聲，我暗自慶幸自己的決定。

第二章　友情認知大考驗&情報筆記

隔天，放學後。

我、十九凜凜夜、七花暖暖陽於社團教室再次碰面。

當我抵達社團時，教室內已經完全變了模樣。

教室門口附近立著小型書櫃，正中央則擺著柔軟的五人座沙發、長方形檜木桌，以及喝下午茶的茶具，再往黑板右邊的空曠處看，甚至連電視以及PS4都有。

雖然凜凜夜依然用原本的課桌椅在看書，但暖暖陽卻毫不客氣地半躺在沙發上。

發現我走進教室，暖暖陽立刻雙眼發亮，並且坐起身。

「啊、二藏同學，你來了！嗯哼哼……看到眼前這幅景象，你應該有什麼話想問吧？」

暖暖陽在說話的同時，興奮地上下搖晃緊握的雙拳。

從她迫不及待的樣子看來，似乎想說這句話已經很久，是因為凜凜夜不想理她嗎？

嗯，雖然暖暖陽平常極為驕傲，但畢竟是個柔弱的女孩子，還是對她溫柔一點吧。

於是，我好心地給予暖暖陽出鋒頭的機會。

「這些東西是哪來的？」

「哼……人家不告訴你。」

喂，把我善心還來！

事後，透過暖暖陽斷斷續續透露的線索，我終於得知這些神祕物品的來源。

「嗯……這些只是追隨者們奉獻給神之少女的供品而已啦，別太在意。」

也就是喜歡暖暖陽的那些男生們，為了討好她而搬來的物品。雖然一點也沒有起到收買人心的作用，不過因為暖暖陽懶得把東西搬走，東西也就這樣留下來了。

理解真相後，我不禁汗顏。

❀

因為凜凜夜在角落獨自看書，我與暖暖陽開始漫無目的地閒談。

與凜凜夜直接稱呼「二藏」不同，暖暖陽對我的稱呼是比較生疏的「二藏同學」。

「二藏同學，你為什麼要加入這間社團？」

「……因為我也不能笑。」

「哦──那給人家看看你真正的笑容吧。」

我猶豫片刻，但是都看過對方的「アへ顏」了，再藏起自己的笑容似乎也說不過去。

於是我笑了，讓暖暖陽見識我鬼臉似的真實笑容。

「噗哇哈哈哈哈哈哈哈～～～～～～好怪異哦、好扭曲──居然有人笑起來會是這個樣子──超逗、簡直搞笑死了～～～」

笑到彎下了腰，指著我的臉，暖暖陽止不住歡容。

我感到臉上發熱，同時也有點惱怒。妳這「アへ顏」痴女才沒有資格笑我！

「好啦、好啦……不笑你了。」

大概是察覺我的不滿，暖暖陽擦去眼角笑出的淚水。

「不過，會做出這種反應與表情，你還真是個有趣的人──」

啪！

暖暖陽一句話還沒說完，就被書本闔上的聲響打斷。

原本一直安安靜靜在讀書的凜凜夜，忽然滿臉不爽地站起身，接著走到黑板前拿起粉筆。

手持粉筆，背對著我們，凜凜夜帶著怒氣的聲音傳來。

「看來，是時候宣布第二條社規了。」

「咦？還有其他社規嗎？」

「國有國法，社有社規，這不是連小學生都懂的常識嗎！妳這笨蛋脂肪怪！」

「……呿，居然這麼神氣，明明只是一片發霉海苔。」

無視臺下暖暖陽的埋怨，凜凜夜開始寫下第二條社規。

在「社規之一——使用共犯代號區別彼此」的旁邊，很快被添加了第二條規矩。

社規之二——社員之間禁止戀愛。

禁止戀愛，簡單易懂的規矩。

但暖暖陽一看到這條社規，立刻用嘴角發出瞧不起人的噴氣聲。

「噗噗噗……不愧是傻瓜海苔，居然立下這種多此一舉的規矩？聽過發源自中國古代的『畫蛇添足』這句成語嗎？幫蛇加上腳就是在形容妳喔！那些腳一點用也沒有哦！」

「哼……脂肪怪，妳少得意了。知道這句成語已經是妳智商的極限了吧？總之社規是絕對的，聽懂沒有！」

盯著對方，凜凜夜露出厭惡的表情。

相較於凜凜夜的認真，暖暖陽則隨隨便便地揮了揮手。

「知道了、知道了——反正這間社團裡的異性只有二藏，對人家來說，根本不可能違反社規嘛。」

「……是嗎？」

凜凜夜冷笑。

暖暖陽換了一個姿勢繼續躺著，她臉上雖然掛著天使般的微笑，但說出來的話卻很傷人。

「那當然了，畢竟人家的追求者可是很多的哦？比二藏帥的應該有二十個，比二藏有錢的大概有四十五個——而且人家早就決定不交男朋友了，哼哼哼……畢竟身為神之少女的我，必須博愛地把光輝散播給大家嘛。」

驕傲地點頭自我同意，暖暖陽的神態十分倨傲。

可是，就算暖暖陽已經表明說法，但凜凜夜依然維持冷漠的態度窮問不捨。

「真的嗎？沒有例外？」

「例外呀……要說例外的話……除非那兩個『不可能的條件』達成吧。」

不可能的條件？

這次不等凜凜夜發問，暖暖陽就繼續說了下去。

「——除非那個男生擁有『超過十公分的陳舊傷疤』，以及『在星星與月亮一起墜落的情況下成為勇者』，否則人家絕對不可能喜歡上他。這是一種誓約哦，身為神之少女的認真誓約！」

超過十公分的陳舊傷疤，以及在星星與月亮一起墜落的情況下成為勇者？

聞言，我一怔。

這不是漫畫裡的世界，我當然不可能在星月齊墜的絕境下成為勇者……可是，超過十公分的傷疤我卻是有的。

在一愣之後，我下意識摸向自己的脖子與左上臂。

看到我的傷疤後，暖暖陽掩嘴驚呼一聲，而凜凜夜則是露出複雜的眼神。

面臨超乎想像的情況，暖暖陽的笑容有點心虛。

「可……可惜只有達成一半！要同時達成兩樣條件，才能破除神之少女的認真誓約！」

她說這句話時，雖然話語依舊高傲，但語氣卻放軟了。

「……」

這時，教室內的氣氛忽然陷入了沉默。黑板前的凜凜夜、沙發上的暖暖陽，忽然都不說話了。

原先爭執吵鬧的教室內，染上了揮之不去的靜謐。

這沉默一直維持到了夕陽西落，也未曾止歇。

再隔天。

隨著時間流逝，昨天教室內的尷尬已經消失無蹤。

因為我們三人的交情十分普通，加上凜凜夜與暖暖陽互相敵視，所以彼此之間的座位間隔，至少距離一公尺以上。

「話說回來，我們的社團顧問是誰？人家記得要有老師擔任社團顧問，才能成立社團對吧？想必已經找到可以拜託的對象了吧。」

暖暖陽發問。

理所當然的，在問話時，暖暖陽看向身為社團創始人的凜凜夜。

但是，一向冷靜的凜凜夜，卻忽然有點慌亂地迴避她的視線，裝作沒聽見的樣子，自顧自地閱讀手中的書籍。

見狀，暖暖陽瞇起眼睛，開始產生懷疑。

「……喂喂，妳該不會還沒搞定吧？或者說，根本就是毫無頭緒？」

「……」

「發霉海苔，妳為什麼不說話！」

「吵……吵死了，色情脂肪怪，別在那嘰嘰喳喳囉唆個沒完，這點輪不到妳來擔心！顧問那種東西怎麼樣都好，時間一到就會自己跑來成為志願者的！」

凜凜夜從書本裡抬起頭，她的耳朵微微泛紅，但依舊在死命逞強。

聽見對方的答覆，暖暖陽不敢置信地「啊？」了一聲，接著繼續提出質疑。

「那社團名呢？申請表上的社團名，為什麼是空白的？我們的社團名稱到底是什麼？」

「……」

凜凜夜又心虛地把視線移開。

暖暖陽睜大雙眼，接著誇張地提高了音量。

「結果一切都還在亂七八糟的階段嘛！啊啊……果然嗎？缺乏優秀、美麗、睿智的人家的話，這間社團就無法重獲新生呢……發霉海苔，看來妳的領導力也不過如此。」

「——妳說什麼!!」

被對方這麼一說，原本自知理虧的凜凜夜，頓時惱羞成怒，臉頰的紅潮一直襲到了耳根處。

「妳這腐爛脂肪怪前幾天還哭著求本小姐，要求加入這間社團，現在居然敢這麼囂張！」

聞言，暖暖陽以手背掩嘴，露出冷冷的竊笑。

「哎呀哎呀，真是一片不長智商的惡臭海苔，人家只是為了給予你們信心，才裝出軟弱的樣子哦？換句話說，也就是像神話中的女神一樣慈悲為懷、寬宏大量的行徑呢——哦呵呵呵呵～～～～」

「……——!!」

凜凜夜的眼神開始染上殺氣。

「這樣啊……世界上居然有這麼不知好歹的傢伙，看來還是得把這塊腐爛色情脂肪怪的名字，從社團申請表上塗掉呢。」

暖暖陽一聽之下，頓時雙手亂搖，變得緊張起來。

「不准塗掉人家的名字啦！還有別叫人家脂肪怪！我的代號那麼好聽，暖暖陽聽起來就跟人家的金髮一樣耀眼又溫暖哦？」

「嗯嗯……既然這樣，本小姐就慷慨地滿足妳的願望，以後簡稱妳『ＴＧ』吧。」

「——人家才不要呢！那是『中性脂肪』的英文縮寫吧！」

「嗚……妳、妳居然連這個也知道！這怎麼可能！」

「那當然，人家可是腦袋聰明、長相可愛，就連……」

接下來，兩名少女陷入漫長的爭執戰。

在她們爭執的過程中，我一直待在教室角落，默默打開電視看新聞。

「……」

我揉了揉太陽穴。

一想到共同追尋笑容的夥伴居然是這些傢伙，我就忍不住頭痛。

凜凜夜繼續看書，教室內再次安靜下來。

於是暖暖陽無聊地打了個大哈欠。

像是為了打發時間，她隨口一問。

「那個，你們知道『友情認知大考驗』這遊戲嗎？」

「是那個有名的團康遊戲對吧？以交朋友為目的而誕生的遊戲。」

我回答。

雖然沒玩過這遊戲，不過我擁有「人生觀察家」的技能，得知這點程度的情報，當然不在話下

暖暖陽那對漂亮的大眼睛，此時快速眨了眨。

「咦？二藏同學居然知道這款遊戲嗎？人家本來不抱期待耶！難道說你也有過朋友嗎？」

「妳在問出這句話的同時，就已經假設我沒有朋友了吧！」

「啊哈哈，被發現了嗎——」

「就算妳的假笑那麼燦爛，我也不會說出『原諒妳』這三個字！」

說是這樣說，但暖暖陽平常的笑容就算是偽裝出來的，可愛程度也是無懈可擊。

單憑這點，她在「不能笑」的病情上，就遠遠沒有我和凜凜夜嚴重。

我是「完全不能笑」，凜凜夜是「能露出抽搐笑容」，暖暖陽是「可以偽裝笑容」——如果要依嚴重程度排序的話，大概就是「我＞凜凜夜＞暖暖陽」這樣的順序。

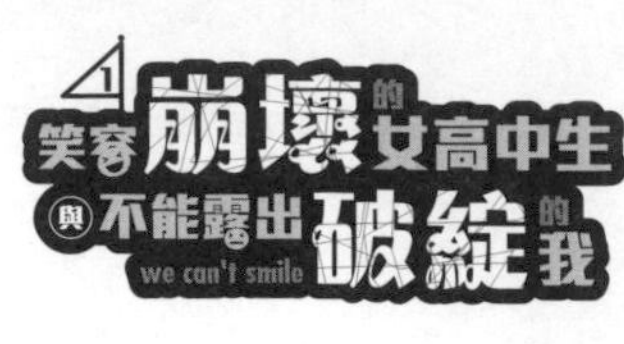

如果能露出暖暖陽那種令人神清氣爽的笑容，我就能安心退出這間社團了吧。

可是，至少目前還不行，我完全辦不到。

正當我默默思考時，在沙發上無聊到翻來覆去的暖暖陽，再次提出建議。

「那麼——大家一起來玩『友情認知大考驗』這遊戲吧？只需要幾張紙就可以玩了哦！」

「——我才不要。」

不愧是開學三天內就交到一群朋友的現充，能這麼自然地將話題帶到這上面。

而也不愧是孤僻到近乎陰沉的凜凜夜，能用觸電般的反應速度開口拒絕。

暖暖陽有點不滿。

「喂，發霉海苔，妳就是因為太過陰沉才會發霉的喔？」

「……哼，妳才是將營養用在腦子以外的地方，導致奇怪的地方囤積起脂肪。」

凜凜夜立刻還擊。

好心的邀請被無情擊碎，暖暖陽發出「嗯～～～～～唔～～～～～～!!」這種咬牙切齒的不甘心抖音，並氣得吹氣鼓起臉頰。

接著，她不再理會凜凜夜，轉而將我當成目標。

「那麼，二藏同學。不要理會那女人，我們一起來玩吧。」

明明我與暖暖陽並不熟，但她邀請我的語氣卻很自然。

像是早已習慣這種交際方式，暖暖陽的嘴角也翹起帶著笑意的角度。

我思考片刻。

同樣身為「不能笑」病症的困擾者，為了探知暖暖陽能自在微笑的訣竅，我點頭同意。

為了玩「友情認知大考驗」，我們開始製作必備的小紙條。

一邊製作紙條，暖暖陽向我介紹遊戲規則。

「一張紙條寫一項，每個人寫下自己三項真實的情報、三項虛假的情報。情報可以是巨蟹座、身高一百六十公分、喜歡喝番茄汁、擅長料理、喜歡騎車兜風——諸如此類任何一方面！當大家都寫好後，將所有人的紙條混在一起洗牌——就可以開始遊戲了。

「——遊戲開始後，隨機抽選一張紙條，大家依據對朋友的瞭解，來猜測到底是誰！因為紙條裡面也混有『虛假的情報』，所以當然有可能抽到誤導人的假線索。當然，只要對朋友足夠瞭解，一切就不是問題！

「順帶一提，如果對方是不熟的朋友，這也是加深認識的最好機會哦！」

我與暖暖陽一起坐在沙發上，聽著暖暖陽解釋規則。

簡單來說，就是依情報猜測對象是誰，碰到假情報必須排除，如此而已。

「啊、二藏同學，筆給你。」

暖暖陽寫好自己的情報後，將筆遞給我。

話說……距離好近!!

雖然是五人座沙發，但因為暖暖陽坐在正中間的關係，不管坐在哪個位置距離都很近。

在這個距離，暖暖陽身上的香氣不斷傳來。

那是一種很接近蘋果的香氣。是洗髮精的味道嗎？還是香水？現在的女孩子從高中就開始用香水了嗎？

可以說，暖暖陽完全缺乏防備異性的概念。就算在這個距離，她也沒有注意到裙襬因為剛剛躺下而變得凌亂。此時，裙襬已經拉高到了大腿處，導致腿部露出大片誘人的雪白。

而且那將制服前襟高高撐起的胸部，就算再怎麼盡力避免，只要將視線投向暖暖陽，就會不由自主納入眼中。

……好大。

就在胡思亂想的同時，忽然有陰影籠罩我的全身。

凜凜夜就像幽靈一樣忽然出現在沙發旁，用那一對鳳眼瞪著我與暖暖陽，並且露出不開心的神色。

「……本小姐也要加入。」

「妳剛剛不是說——」

「煩死了，別問那麼多！總之本小姐願意加入！」

用最直接的動作打斷我的詢問，凜凜夜在我與暖暖陽之間一屁股坐下，硬是擠出位置給自己。

暖暖陽被她的動作嚇到，被迫往另一邊挪動身體。

「哇啊！妳做什麼啦！」

哼了一聲，凜凜夜並不回答暖暖陽的話，只是將視線向我投來。

「那麼，這遊戲要怎麼玩？介紹規則給我聽。」

「……呃、好吧。」

我有點無奈地搔搔臉頰，開始複述遊戲規則。

「…………………………」

聽完遊戲的基本方式，凜凜夜提出她的感想。

「……這樣啊，真是充滿朋友腐臭味的爛遊戲。哼，發明這種團康遊戲的主持人，肯定都是印象分數『負一千分』以上的超級爛人。」

負一千分嗎……負值還真高啊。話說我的印象分數是多少來著？負八十嗎？

我後仰，讓身體陷進柔軟的沙發內休息——同時暗暗猜測自己的分數，究竟什麼時候可以重歸正數。

在凜凜夜也將情報寫入紙條後，由我將十八張紙條打亂順序、進行洗牌。

相比我與凜凜夜的平淡表現，暖暖陽則是興致盎然。

「嘿嘿……這樣就不知道紙條是由誰所寫——總覺得有種抽獎的刺激感呢。」

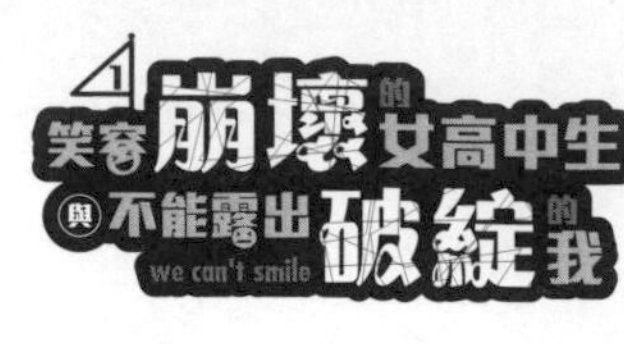

「既然妳這麼喜歡，不如由妳先抽紙條吧？」

我這麼對暖暖陽說。

「嗯、嗯嗯，人家想抽！」

暖暖陽開心地舉起手，接著她拿起一張紙條，將其翻到寫有「個人情報」的正面。

【劍道二段】

「咦？劍道二段？人家記得……應該很厲害？是假情報嗎？」

由於紙條上的情報真假參半，暖暖陽不禁遲疑。

而凜凜夜則是冷笑。

「真是一頭笨蛋乳牛，不是『應該很厲害』，而是超級厲害！劍道初段必須要中學二年級才具備考取資格，而二段更是必須在初段升滿一年後才能嘗試升級，三段則有更嚴苛的要求……簡單來說，在我們這個年齡，劍道二段已經是能考取的極限了，這麼年輕的劍道二段更是少之又少。」

「咦？真的嗎？但妳也太清楚了吧！一般人會瞭解這個嗎！」

「哼，這不過是連小學生都知道的常識。」

凜凜夜的口中的「小學生都知道的常識」，大概源於她平常一直在看的冷僻書籍。

暖暖陽也意識到不對勁。

「騙人！人家可是風華正茂的女高中生哦？怎麼從來沒聽過這些！」

「那當然是因為，妳這塊腐爛脂肪連小學生都不如。」

「嗚……!!」

從起初氣勢就被壓倒的暖暖陽，始終無法挽回頹勢。

「先、先不管那個了啦！既然劍道二段這麼厲害，這就一定是假情報吧！看下一張紙條、看下一張紙條啦。」

不過，暖暖陽顯然打算藉由轉移話題重啟戰場，這是很聰明的想法。

可是，凜凜夜依然死咬不放。

「——所以說妳是笨蛋！妳看看二藏的手臂！」

「咦？」

因為穿著短袖制服，所以我的手臂暴露在空氣中。

暖暖陽一愣，她轉過目光，首次仔細打量我的手臂。

明顯比起其他人更加強壯，我的手臂肌肉特別發達。糾結的肌群與輕微突起的青筋，揭示著能夠爆發強勁力道的情報。

「——啊!!二藏同學的手臂好粗壯！」

只盯著看了兩秒，暖暖陽就雙手掩面發出驚呼。

「果然就算是愚笨的脂肪塊，說到這個地步，也能聽懂人話嗎……」

凜凜夜吐出一口長氣，一副「妳終於明白了嗎」的表情，閉上眼睛輕輕點頭。

但是，暖暖陽馬上轉頭避開我的視線，露出混雜同情的微笑。

「——畢竟二藏同學明顯沒有女朋友呢，這也是沒辦法的事。班上的那些女生總是開玩笑說『聽說處男因為頻繁自慰、所以導致手臂都特別粗壯哦，搞笑死了~~~~』，沒、沒想到這件事是真的……」

暖暖陽的發言，讓我很想催促那些女生對全天下的處男道歉。

而凜凜夜的聲量則是瞬間爆發，傳遍整間教室。

「腐爛脂肪怪！把本小姐剛剛對妳的信任還來！」

暖暖陽被嚇了一跳，但也下意識提高音量還以顏色。

「——什麼鬼？人家聽不懂啦！」

「那就把妳的耳朵轉下來拿在手上好好聽著：二藏就是那個劍道二段啦——懂了沒有！」

「咦？真的嗎？那個頭上翹著像是剛睡醒的呆毛，看起來一點用也沒有的二藏？」

聞言，暖暖陽用呆滯的表情瞪大雙眼。

……真過分啊，妳的形容方式。

「所以手臂粗壯不是因為二藏同學的處男身分？明明人家都認同朋友口中『搞笑

死了～～～』的說法了耶。」

「妳夠了喔！」

雖然自認脾氣很好，但我還是忍不住開口抱怨。

友情認知大考驗這個遊戲，也有所謂的懲罰階段。猜測的答案距離事實最遠的人就算輸家，必須誠實回答每人一個問題。

毫無疑問，第一回合輸掉的人是暖暖陽，所以由凜凜夜先發問。

「聽說、現在的ＪＫ（高中生），有超過一半以上的比例在談戀愛，這是真的嗎？」

「現在的ＪＫ？妳不也是ＪＫ嗎？噗噗噗……還是說妳認為自己是老太婆？」

乍聽這麼奇怪的提問，暖暖陽明顯在憋笑。

凜凜夜則露出火大的表情。

「煩死了！別把本小姐跟那些戀愛腦的普通人混為一談，我只是想知道現在的ＪＫ，到底有多麼不知廉恥而已！身為不知廉恥之王，妳肯定知道答案的吧！」

「誰是不知廉恥之王啊，人家可是既聰明——」

「妳這敗北的笨蛋，現在是本小姐在問妳問題喔！無論何時都不違反遊戲規則，這才是所謂的『公平』！」

被凜凜夜打斷說話，暖暖陽偏過腦袋瓜哼了一聲。

接著，她回答凜凜夜的提問。

「……在我們班上，把曾經交過男朋友的女生也算進去的話，比率大概是百分之四十吧。」

「百分之四十？這樣啊……」

雖然聽起來是還能夠輕描淡寫帶過的數字，但不知為何，凜凜夜卻一臉煩惱。是擔心自己變得不合群嗎？沒想到這個凜凜夜也有這麼少女的一面，就這點來看，她還滿可愛的嘛。

可是。

「呿……不受戀愛干擾，能與本小姐競爭課業的人還有百分之六十這麼多啊……」

「……」

喂，把我剛剛一閃而過的好感度還來！

接著，輪到我對暖暖陽提問。

倚著沙發扶手，將左腳疊到右腳上的暖暖陽，與我視線相接。

然而，我的視線才剛剛停在暖暖陽身上，她就一臉無所謂的樣子揮揮手。

「啊～～啊啊～～～～人家知道啦，知道二藏同學你想問什麼。」

「嗯？什麼？」

聽到對方唐突的發言，我不禁呆滯片刻。

接著，暖暖陽就像教師在進行某種課題解答那樣，閉起單眼，並朝我豎起左手食指。

「……是F罩杯哦。」

「啊？」

「雖然比其他男生的頻率少很多，但二藏你一直在偷看人家的胸部對吧？所以了，是F罩杯。」

「什、什麼呀！我在妳心目中，究竟是什麼等級的變態啊！」

「每隔五分鐘，至少瞄向胸部一次的等級吧。」

原來是F罩杯呀……好大……不不不，不對！這樣下去，我豈不是會被誤會成「很想知道答案的變態」嗎？得辯解才行。

為了證明自己的清白，我決定尋找臨時的盟友。

「凜凜夜，妳應該知道我不是那種人吧——喂，為什麼妳在迴避我的視線！」

「……很抱歉，二藏。雖然很不忍心看你被那塊腐爛脂肪嘲笑，但本小姐受到的家教是絕對不能撒謊。」

「什麼家教啦！妳實話實說就可以了！」

凜凜夜重重嘆了口氣。

「實話實說的話，就是與腐爛脂肪同樣看法——雖然比其他男生的頻率少很多，但是我也能感覺到，你常常盯著我的胸部看。」

「——嗚啊、嗚啊啊啊啊……」

「但是二藏，你不用羞愧到語無倫次，為此發出猩猩般的叫聲——因為本小姐曾經在一本書上看過，視線會自動追尋女性的胸部，是正常男性的本能。」

我快要被兩名少女合力的攻勢擊沉了。

就算在內心發出「嗚啊、嗚啊啊啊啊……」這種動物般試圖宣洩壓力的大吼，也沒辦法止住不斷往全身蔓延的羞愧熱度。

「二藏，因為感覺你很想知道，那本小姐也告訴你好了，我其實是C罩杯。」

而且，凜凜夜還殘酷地追加致命一擊。

……恥辱，以及露出弱點。

一直以來，我都在極力避免自己陷入、沒有逃生可能的絕望困境。

畢竟這是一個在電車上有痴漢嫌疑、就會立刻被警察定罪的殘酷社會。重點並不是「有沒有」犯罪，而是「能不能」洗清嫌疑。

所以，像現在這樣，遭到凜凜夜及暖暖陽輕易定罪——被別人掌握顯而易見的弱點，對於座右銘是「人生不能露出破綻」的我來說，就像天塌下來一樣嚴重。

也就是說——遭到這麼嚴重的打擊，我現在像無力翻身的鹹魚一樣躺在地上發呆，也完全是合情合理的行為。

「……二藏崩潰了呢，打擊大到甚至從沙發上滾了下去。」

「確實崩潰了耶。」

凜凜夜與暖暖陽罕見地意見一致。

「……本小姐是第一次見到他這個樣子，連眼睛都跟死魚一樣毫無神采，真是個怪人……只不過是偷看胸部被揭穿而已，事情有嚴重到這個地步嗎？」

「啊、人家也這麼覺得，畢竟二藏同學偷看的次數算很少了呢，不到別的男生的一半。」

她們就連這點也看法相同。

「二藏、二藏同學，你還好嗎～～？」

好奇的暖暖陽蹲在我身旁，她伸手指戳戳我的肩膀。

我翻身爬起。

但因為受到打擊而倒地的行為，已經引起兩名少女的怪異目光。

「「二藏／二藏同學真是個怪人呢！」」

難得處於同一陣線，她們異口同聲這樣形容。

「……」

她們兩人，一個是動不動稱呼別人「黑猩猩」的高傲女。

另一個，是會抱著別人胳膊大哭要求加入社團的笨蛋現充。

被她們稱為怪人，雖然很受打擊，但我還是勉強忍住吐槽的衝動。

遊戲繼續。

我重新坐回沙發上，這次輪到凜凜夜翻開寫有情報的紙條。

【惡劣的女人】

看到紙條上面的字，我愣住。

而凜凜夜跟暖暖陽，則互視一眼。

「——毫無疑問是在形容妳吧？」

「就是妳這發霉海苔吧？」

話聲甚至還未曾消散，兩名少女就用快到看不清的速度將手指向對方，就連眼神也在半空中擦出交會的火花。

喂，妳們三十秒前默契還很好不是嗎？看來這就是所謂的「世界上沒有永遠的朋友，也沒有永遠的敵人」吧。

「色情脂肪怪，妳這傢伙可是收下一堆男生的贈禮卻毫無表示的婊子喔？這所高中裡，肯定沒有比妳更惡劣的存在吧！」

「哎呀、哎呀，實在抱歉，人家可沒有要求他們送禮物哦？說穿了，被強迫接受好意，該困擾的是人家這邊吧！」

「咕呵呵……真是好笑呢。妳那充滿脂肪的肥大屁股明明正坐在別人贈送的沙發上，卻毫無感激之心，性格簡直惡劣到會汙染呼吸的地步！」

「……人家才不想被動不動就叫陌生人『黑猩猩○○號』的糟糕女人這樣批評呢！話說回來，妳之前出動五十臺直升機散播傳單，傳單隨風飄散造成的環境垃圾，可是全校學生趁校外服務時去清掃的哦？替別人添麻煩到這個地步，妳簡直惡劣到天理不容！」

「妳說什麼——」

「怎麼樣！不服氣嗎！」

一如往常地，兩人又開始長篇大論的爭執。

而已經有點習慣的我，往後一躺，盯著天花板靜靜等待吵架結束。

再來是第三回合。

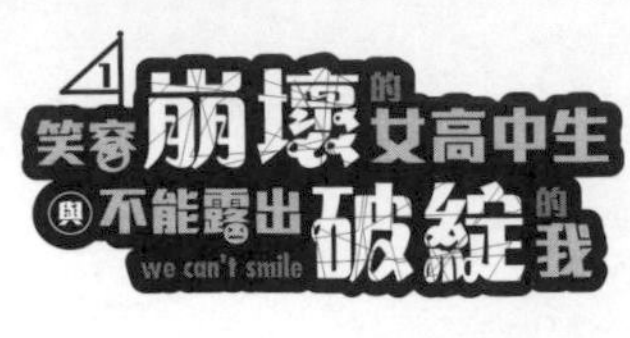

「輪到我的回合，抽牌！」

「你是武藤遊戲嗎……」

無視凜凜夜冷著臉的吐槽，我迅速翻開距離最近的紙條。

【貓耳】

情報入眼的瞬間，我看向暖暖陽。

凜凜夜也看向暖暖陽。

「是指妳吧。」

「是妳這流膿脂肪吧。」

其實我從之前就很在意，但一直找不到開口的機會。

——暖暖陽脖子上掛著的、那活像Cosplay道具的貓耳，究竟是怎麼回事？

「咦？你們是想問這副貓耳嗎？」

或許是感覺到我們目光中的疑惑，暖暖陽將貓耳從脖子取下，捧在手心讓我們細看。

「是韓國藝人帶起的風潮啦，現在韓國那邊的女高中生很流行這樣的貓耳哦？大概從上個月開始，我們這邊也開始流行了……你們看，這樣戴起來很可愛吧？」

一邊說著，暖暖陽將貓耳戴到頭上。

原本我對暖暖陽口中的「流行」沒什麼歸屬感，但當暖暖陽親身將貓耳戴上，立刻感受到這副打扮的魅力。

啊嗚……是穿著水手服的金髮巨乳貓耳ＪＫ。

暖暖陽的打扮，對於身心健全的男高中生來說，有一種近乎魅惑的魔力。

尤其為了配合打扮，暖暖陽還將手掌弓起，裝作貓爪的模樣，模樣看起來更可愛了。

「怎麼樣怎麼樣？可愛嗎？」

或許因為沒有收到預期中的評價，暖暖陽再次發問。她將期待的目光，停留在我的臉上。

面對這樣的目光，我根本無法撒謊。

「……嗯。」

於是我只能含糊地、在迴避暖暖陽視線的同時快速點頭，藉此帶過話語。

啊、臉上好熱，難道我臉紅了嗎？

好危險、好危險，被一道目光逼得窘迫，我二藏怎麼可以露出這種破綻，這無疑是「人生之道」上的重大弱點。

「嘻嘻，如果二藏同學也喜歡的話，那就太好了呢。」

暖暖陽笑了起來。

啊、糟糕、在獲得認同之後，露出燦爛笑臉的暖暖陽真的太可愛了。

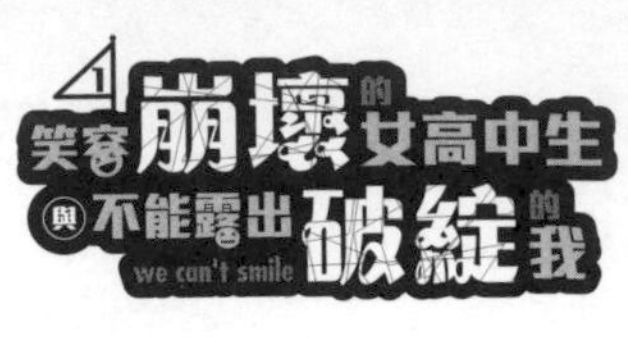

「……」

這時候，在旁沉默許久的凜凜夜忽然插嘴。她似乎從剛剛開始就一直盯著我看。

「……二藏，你喜歡戴貓耳的女孩子？」

「呃，唔……大概算是吧。」

「什麼叫做『大概算是』？這種含糊不清、一點男子氣概都沒有的說法是怎麼回事？」

凜凜夜的批評依舊銳利，且一針見血。

「哼……反正你就是喜歡吧，都露出那種色瞇瞇的表情了——」

「我、我哪有色瞇瞇！」

「——多說無益。只是，這樣子二藏你就會改觀了吧。」

凜凜夜沒有再給我辯解的機會，她只是朝身旁的暖暖陽做出搔癢的動作，手指不斷搔向暖暖陽的側腹。

「噫噫——!?哈哈……哈哈哈哈哈哈……」

沒有任何心理防備、突然就被搔癢的暖暖陽，忍不住笑了出來。

可是，這次在露出笑容的同時，她的雙眼不受本人控制地上翻，舌頭也微微吐出，笑容既扭曲又帶著微妙的情色感。

啊，忽然變成アヘ顔了。

一邊進行搔癢的動作，凜凜夜淡定地對我發話。

「看到了吧？別忘了，這塊腐爛脂肪真正笑起來是這個樣子的，就算乍看之下正常，實際上也只是個大變態而已……喂、妳做什——咯哈哈……哈哈哈哈……」

氣得吹氣鼓起臉頰的暖暖陽，也伸手探向凜凜夜的腰際施以報復。

於是，凜凜夜也露出抽搐的笑容。那詭異與扭曲感，一點也不輸給身旁正在露出アへ顔的夥伴。

「妳這塊腐爛脂肪做什麼——!?快住手！」

「是妳先開始的吧，人家才不會先住手呢！我搔、我搔！」

「……」

這場搔癢大戰，就這樣持續了五分鐘。

「呼……呼……呼……」

「哈啊……哈啊……哈啊……」

搔癢大戰結束後，因為笑了整整五分鐘，都是衣衫凌亂地躺在沙發上，渾身只剩餘喘息的力氣，且臉色發青。

疲倦到這個地步，已經難以控制臉部的表情。

抽搐的笑容，就像凝固了那樣，始終停留在她們的臉上。

那抽搐笑容組成的殘念表情，不斷在破壞她們的美貌形象，也一再將慢慢累積起來的異性好感度重複歸零。

話說，明明只是為了打發時間而玩團康遊戲，為什麼要拚命到這個程度呢……

這時，我看看時鐘。

「啊、打工時間又快到了……」

時間所剩不多，得立刻出發才行。

「……」

十九凜凜夜。

七花暖暖陽。

低頭注視兩名少女抽搐喘息的表情最後一眼，我在輕輕嘆氣之後，轉身離開教室。

筆記本約莫手掌大小，可以輕易放在口袋中收藏。

在走路前往打工地點的路途中，我在筆記本裡，寫下今天獲得的情報。

「必須提高警覺……最近我的弱點變多了啊。」

內心如此感嘆的同時，我喃喃自語。

「那麼，來更新『情報筆記』吧。」

中國那邊，春秋末期，有個叫做「孫子」的偉人，曾創立一部名為《孫子兵法》的傳世名作。

而《孫子兵法》裡有一句話是這樣的：「知己知彼，百戰不殆。」理解這句話的語意很容易，但要實踐起來卻很困難——也就是既瞭解敵人，又瞭解自己，打仗百次都不會有危險。

因此，為了減少自身的破綻，我會在筆記本裡記錄各式各樣的情報，藉此客觀地進行弱點分析。

簡單來說，情報筆記就是類似遊戲攻略本一樣的存在吧。只是我攻略的目標，是完全沒有平衡性可言、名為「人生」的糞遊戲。

我轉了轉原子筆。

思考過後，我首先寫下關於自己的新情報。

姓名＆代號：二天一流・宮本武藏。

● 新增情報一：今天對暖暖陽臉紅了，露出了破綻。

● 新增情報二：今天被凜凜夜的氣勢壓倒了，露出了破綻。

● 新增情報三：劍道二段的情報被知道了，但應該沒關係。

這些都是新增的破綻點，寫完之後我往回翻閱，開始檢視之前就寫下的，自己的「個人情報」。

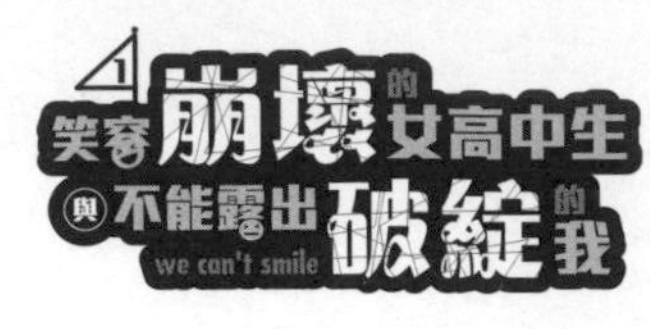

●沒有父母。

●一百七十五公分。

●偶像是宮本武藏

●劍道二段，左右手都可以成為主劍手，但左手持劍比較弱。

●幾乎每天都努力打工，但還是很窮。

●與沒有血緣關係的小學生妹妹同居。

●忙到快沒有鍛鍊的時間了，但還是必須參加社團克服「不能笑」的缺陷。

●笑容崩壞程度：S。

笑容崩壞程度，由輕微到嚴重，我個人由E、D、C、B、A、S，一共給出六個排名，而我是最嚴重的S級。

確認沒有問題後，我將頁數翻到空白處，開始回思關於十九凜凜夜的個人情報。

經過這幾天的相處，已經收集到足夠的資訊，是動筆記錄的時候了。

一邊想一邊前進，在遠離學校大約五百公尺後，十九凜凜夜的情報也記錄完成。

姓名&代號：十九凜凜夜。

●紫色長髮大概垂到腰際，長相很漂亮。

●大約一百五十八公分？

●很冷漠。

●很高傲。

●明顯沒有朋友。

●習慣用「黑猩猩」稱呼陌生人。

●喜歡用命令別人的語氣說話。

●只能露出抽搐的笑臉以及微笑。

●笑容崩壞程度：A。

啊，我寫了半天居然沒有寫到長相之外的優點。這女人是缺點的聚合體嗎？

更努力地回想之後，我忽然想到凜凜夜常常在看冷僻的書籍，而且一臉聰明的樣子。

下次問看看她的課業成績好了。

「不過那傢伙會老實告訴我嗎……算了，課業成績這種東西，找她的同班同學就能打聽到吧。」

雖然同樣是一年級新生，但我、凜凜夜、暖暖陽三個人恰好都分到不同班級。

不過，凜凜夜那種等級的美少女，應該十分引人注目，找機會再四處探聽吧。

「……寫完了，比想像中還要快。」

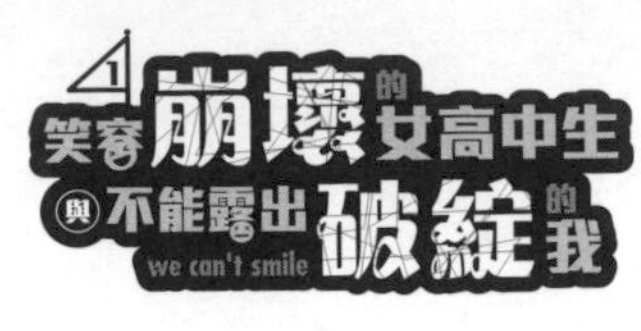

距離抵達打工地點，大約還有五分鐘時間。

不如——

加把勁，把七花暖暖陽的個人情報也寫下吧！

暗自在心裡替自己加油，我再度開始動筆。

姓名&代號：七花暖暖陽。

●金色長髮的色調就像太陽一樣溫暖，長相介於「漂亮」與「可愛」之間，總之是個美人。

●很驕傲，自認是神之少女。

●比凜凜夜矮一點點，大約一百五十五公分？

●胸部很大。

●似乎有很多朋友。

●雖然乍看之下傲慢，但慌張到一定程度後，會完全不顧形象抱著別人手臂哭著懇求。

●脖子上的貓耳只是裝飾用。

●可以偽裝露出笑臉，但真正的笑容是アヘ顔。

●笑容崩壞程度：D。

●胸部很大。

啊，有某項情報，不小心重複了。

心不在焉地將重複的情報劃掉，步行通過馬路之後，我走進打工的地點——「極上屋」。

第四章　八王子的三顆星星

打工的地點，是一間名為「極上屋」的燒烤店。

我在這間店的內場，擔任清洗用具、切菜、將肉片擺盤等工作，簡單來說就是雜工。

由於晚上七點才正式開始營業時間，現在大約還有一個小時的準備時間，同事們忙碌的身影已經像蜜蜂一樣，在店內四處穿梭不息。

雖然大家都很忙，但身為資歷最淺的後輩，該有的禮節還是必須具備。

「大家好。」

進門後，我先向大家打招呼。

「啊……小九，你來了，廚房正忙呢，快去幫忙吧。」

首先向我搭話、在櫃檯處擦著玻璃酒杯的老人，是「極上屋」的店長。

店長是一個長年穿著燕尾服，頭髮與鬍子都像雪一樣白的和藹老人。也只有他這種老好人，才會願意雇用工作時間既不穩定、社會經驗又淺的高中生，甚至薪水也給得比一般店家還高。

我並不擅長判斷老人的年齡，可是從店長那布滿臉上的深邃皺紋來看，他至少也有七十歲了。

「好，我換完制服之後馬上就去。」

在廁所換上制服後，我前往位於店內深處的廚房。

「前輩好，我遲到了，抱歉。」

踏進廚房後，我再次向大家打招呼。

其實從時間上客觀地審視，我並沒有遲到。但身為資歷最淺的菜鳥，比前輩們還慢抵達職場，這與遲到就是徹底的等號。

從小在育幼院長大的孤獨，讓我被迫變得早熟。如果身為資歷最淺的後輩，卻連職場上的「基本禮儀」都做不好，恐怕我沒辦法生存到現在吧。

在內場的前輩總共有五位，他們大多是二十多歲的青年。

幸好前輩們也都是好人，在忙碌之餘，他們不忘轉頭給我一個笑臉。

「啊、小九，放學了嗎？」

「不好意思，我來得太慢了，工作我會多分擔一些的。」

我一邊協助某位留著平頭的前輩進行清洗飲料機的工作同時這麼說。

平頭前輩則抬頭露出爽朗的笑臉。

「小九，你都來這裡半年了，還是這麼客氣。大家都是朋友嘛，說話可以放開一點。」

「……嗯，謝謝你。」

我下意識想向前輩露出笑容，但想起自己只能露出僵硬的假笑，於是立刻收斂表情。

話說……朋友嗎？

無法交託真心誠意的笑容給對方，這樣不能算是朋友吧。

畢竟，從小我就不能笑。

幼兒時期父母雙亡的畫面，依舊殘存於內心。那是一個灰濛濛的雨天，一場嚴重的車禍，奪去了雙親的性命，只有被他們護在懷中的我……獨自存活下來。

就像在那個雨天，笑容也隨著父母的身影一起離去那樣，我從此被剝奪「笑」的本能。

「……」

平頭前輩將飲料機翻面，仔細清潔著機器背部。

「……話說小九，你剛剛說錯了一點喔。」

「什麼？」

「你說你『來得太慢了』，可是店裡明明有比你更慢的人嘛。跟他比起來，你根本就算不上是『遲到』啦。」

「前輩，你是指……」

「對啦，就是八王子前輩。八王子前輩可是被店長特別允許，不需要進行任何事前準備的好運傢伙。畢竟他只要待在顯眼的地方站著，就能替店裡帶來源源不絕的生意嘛——」

「……」

平頭前輩的話語，雖然帶著調侃的味道，但並沒有包含「感到不公平」的嫉妒之意。

而我也沉默點頭，表示同意。

因為我們兩人都明白——

我們與「八王子」那個男人是不同的。

八王子，今年十九歲，一百八十六公分，略長的金髮束成俐落的馬尾，身材挺拔高大，擁有連女人都會自卑的俊美容貌——且擁有極高的智商以及運動能力，幾乎就是完美的代名詞。

八王子在店內唯一的工作，就是巡視外場的顧客，與客人談天說笑，偶爾幫忙烤肉或是換烤網。

這是只有八王子能勝任的工作，因為想與八王子交流，來店的女性客人激增十倍，甚至連電視節目都專門為此製作「神祕烤肉店帥哥」特輯，「極上屋」因此聲名大噪。

再來，提提我所知的、八王子的部分過去。

不知為何，雖然以全國第一名的成績自高中畢業，八王子沒有選擇繼續升學，而是來到極上屋應徵工作。

最難得的是，優秀到了極點的八王子，卻沒有身為完美之人應有的傲氣。

待人謙卑有禮，愛護同事，永遠帶著融化人心的溫柔笑容。有著一頭金髮的八王子，就像從童話故事中走出的白馬王子那樣，每走一步都會帶起名為夢幻的粉色泡泡，令旁觀者為之心醉。

就連我能應徵上這份工作，也有一半必須歸功於八王子前輩。

半年前，在接近打烊時刻，來到「極上屋」向店長遞上履歷表的我，其實內心並不抱希望。

因為這家店的規模很大，因此薪水也給得比較高——對於職場只有如此膚淺瞭解的我，會被拒絕可以說是理所當然。

可是，負責在外場巡視的八王子前輩，那時走向了我們。

「店長，讓他留下來吧。」

西裝筆挺的八王子前輩，那時候的笑容很溫柔，就連眼神也很溫柔。

「……畢竟，看他著急的表情，似乎很需要這份工作呢。」

於是，原本還有些猶豫的店長點頭同意。

而我在「極上屋」的工作，也正式宣告開始。

再提提「小九」這個外號。

就連這個外號，也是八王子前輩取的。

除了八王子前輩本人，大概沒有人清楚這外號的緣由。但既然八王子前輩這麼叫了，大家也就跟著叫，久而久之就成為了習慣。

這時，飲料機終於清潔完畢。平頭前輩將安裝善後的工作交給我，起身前往他的工作崗位。

「好，今天也要努力工作！」

將飲料機一肩扛起，我暗自幫自己打氣。

我的下班時間是晚上十一點。

而現在是晚上九點，在忙得暈頭轉向的晚餐尖峰時刻過去後，終於迎來珍貴的喘息時間。

店裡有供應免費的員工餐，在這時候，我們迎來寶貴的晚餐時間。五個人一組輪流吃飯，餐點是燒肉丼飯。

「小九，要一起吃飯嗎？」

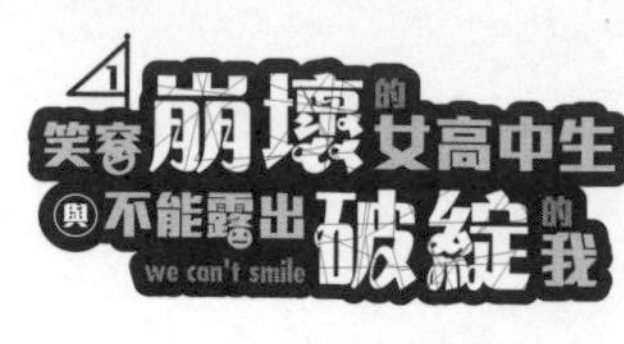

「……不好意思，我習慣一個人吃飯。」

就跟以前一樣，我婉拒前輩們一起用餐的邀請，獨自坐在店家後門的石階上吃飯。

其實拒絕與前輩一起用餐也是很失禮的事……可是，我並沒有選擇。

因為「吃飯時間」，與能夠默默努力的「工作時間」是不一樣的。

在吃飯時間，關係友好的夥伴們會一起談天說笑，以名為笑容的提神劑，緩解工作時不斷累積的精神疲勞。

而我，不能笑。

也就是說，我待在那裡，只會造成前輩們的負擔。

所以，我一直是獨自用餐。

「……」

後門石階的冰冷溼氣，逐漸穿透褲子附著到肌膚上。

坐在石階上，我抬頭望著清冷的月色，用筷子將帶著燒肉醬汁的白飯快速扒入口中。

就在燒肉丼飯有一半被吞入腹中時，身後忽然傳來「咿呀」的聲音。

後門被推開了，有一個穿著整齊西裝的男人踏出門外，走下階梯，坐到我身旁。

「……八王子前輩。」

「沒事，我只是有點小事想要問你。」

面對忽然到來的八王子前輩，讓我有點慌張地想要站起，卻被對方微笑阻止。

如同以往，八王子前輩臉上依舊掛著溫柔的笑意。

然後他開口詢問。

「小九，內場的工作很忙嗎？」

「……也還好，就跟平常一樣。」

「這樣啊，但是你最近總是給人很疲倦的感覺呢。」

「呃……也沒什麼，可能是睡眠不足吧。」

就跟關心我一樣，八王子前輩總是關心店內每個人。

而八王子前輩也是整家店裡，唯一知曉我「不能笑」這個祕密的人。

——如果是八王子前輩的話，就算掌握這個弱點，也不會藉此陷害我吧——這是將「不能笑」的祕密告訴八王子前輩之前，因目睹某一幕而浮現的想法——

「……」

那是我進入「極上屋」工作後，經過一個月之後的事。

這天店長因生病而缺席，店裡因此特別忙碌。

對於內場工作逐漸上手的我，聽到外場傳來極為吵雜的喧譁聲。與平常客人們興高采烈的談笑聲不同，那是某個中年男人帶著極度怒氣與惡意的咆哮。

先是用力摔碎玻璃杯，那個中年男人用赤紅醉意的臉，對店內的女性前輩大吼著。

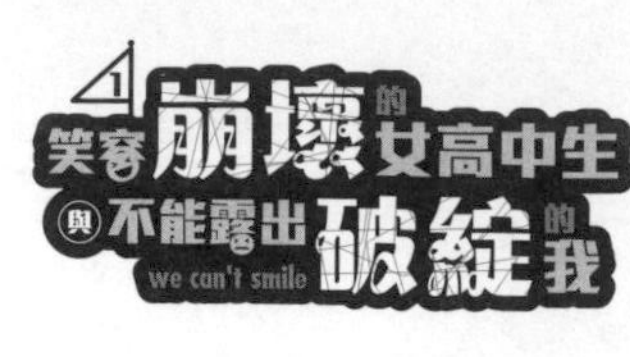

「……你們這家店在搞什麼東西!!這個女人、路過時將酒水灑到本大爺的皮鞋上了不是嗎?這可是法國的莎菲爾大師限量製作的名貴皮鞋,全世界只有十雙……十雙啊,妳懂這是多麼稀罕的概念嗎!」

如果客觀地審視,皮鞋上也不過濺到了兩滴酒水……但中年男人卻不斷提高聲量,吸引全店顧客的注意力。

哪怕不斷遭到怒吼的女性前輩,惶恐地不斷九十度鞠躬……即使這樣,對方的怒火依舊無法平息。

「這……這位客人,非常抱歉,我會賠償您清潔費的!真的非常抱歉!」

「賠償?妳賠得起嗎?就憑妳這種在燒肉店端盤子的小店員?哼……別開玩笑了。我可是聽說你們『極上屋』上過電視節目,以良好的服務態度著稱,才願意來這種店消費。可是、妳們非但不感謝我,居然還做出這種冒犯的行為——」

「那、那個……」

女性前輩不知所措,眼角已經泛起淚光。

「——本大爺可不缺那點清潔費,要道歉的話,就給我跪下道歉!將頭磕在本大爺的皮鞋前面,讓我看看妳的誠意!」

大概是慣於欺負弱小,中年男人的態度越來越得寸進尺。

眼看女性前輩就要落淚痛哭時,一道高大的身影排開圍觀人群,緩步踏入混亂的現場。

踩著滿地的碎玻璃，八王子前輩擋在女性前輩的身前，與對方互相對視。

因為八王子前輩的身高有一百八十六公分，高出對方足足兩個頭，那居高臨下帶來的壓迫感，讓中年男人的視線迴避了一瞬間。

但中年男人馬上惱羞成怒。

「你、你這傢伙想插手管閒事嗎!?啊……我想起來了，你就是電視節目上出現過的、這家店專屬的小白臉吧！給本大爺聽好，你們店裡那個笨蛋女人，可是把酒水灑到本大爺的皮鞋上了喔？這可是法國的莎菲爾大師限量製作的名貴皮鞋——所以本大爺要她下跪道歉，也是理所當然的吧！」

一再強調皮鞋的名貴程度，中年男人膨脹的虛榮心彷彿因此得到滿足，隨之露出醜惡的笑容。

八王子前輩的臉色很沉穩，他看了看徬徨失措的女性前輩，又看了看中年男人。

接著，八王子前輩靜靜開口。

「……我明白事情的緣由了，這位客人，實在非常抱歉。這位女性是我的後輩……而後輩禮數不周，就是前輩的罪行。」

「負責？混蛋！你這小白臉，難道又是嘴皮子上道歉就想完事嗎!?」

中年男人的聲量剛剛抬高，八王子前輩的話語就繼續下去。

「客人就是上帝——所以，我會代替我的後輩，向您致上、能使您滿意的答覆。」

「……!!」

於是，在眾人的注視中，八王子前輩的膝蓋慢慢彎曲。

剛剛中年男人打破玻璃杯後，滿地的玻璃碎片依舊無人清掃。

八王子前輩就這樣跪在滿地的碎玻璃中，雙掌貼地，將那俊美的臉孔朝向地板，將頭磕在對方的皮鞋面前。

「還請您，原諒敝店的愚行。」

明明膝蓋、雙掌、額頭都因為被尖銳玻璃刺入而鮮血直流，但八王子的聲音卻像什麼事也沒發生那樣，依然溫柔與穩定。

「實在非常抱歉，希望這樣能使您滿意。」

八王子前輩的行為，造成圍觀人群的嗡嗡耳語。

「……那是流血了嗎？」

「對啊，他跪在碎玻璃中，看起來傷得不輕吶。」

「話說回來，這個鬧事的男人是不是太過分了？」

那些耳語也傳入了中年男人的耳中。

他左顧右望，在那議論紛紛的細語中，滿頭是汗，越來越顯得狼狽。

「給……給我記住！今天先這樣算了！」

最後，中年男人迅速逃離了店家。

「……」

事後，在員工休息室包紮傷口的八王子前輩，面對不斷哭著道謝的女性前輩，只是對她笑了笑，沒有多說什麼。

其餘前輩們也圍著八王子前輩，性子最直的平頭前輩，忍不住呼喊出聲。

「八王子前輩，你為什麼不把那個大叔趕跑呢？你很強的吧！」

平頭前輩在呼喊時，不甘心地咬住了下唇。

曾經有喝醉的混混在街上調戲另一名女前輩，被八王子當場撞見。對方是足足有五個人的混混群，被八王子一手一個扔到了對面街道的垃圾桶裡，毫無還手的餘地。

八王子明明很強。

那樣來鬧事的中年男人，就算有十個也打不過他，而且道理上也站得住腳，為什麼不動手呢？

在沉默中，面對眾人的目光質詢，八王子依舊用那張滿是傷痕的臉露出微笑。

「那個男人是顧客，對他暴力相向，只會造成店裡負面的聲譽影響。我的傷幾天之內就會好，店裡的名聲有了裂痕，卻再也無法彌補，況且——」

八王子話聲一頓，目光溫柔地環視眾人。

「——況且，請記住這點：真正的強大，並非盲目的暴力——而是能夠守護『珍視之物』的溫柔。」

……能夠守護「珍視之物」的溫柔。

是啊，八王子不光想要守護後輩，也想要守護這家店。

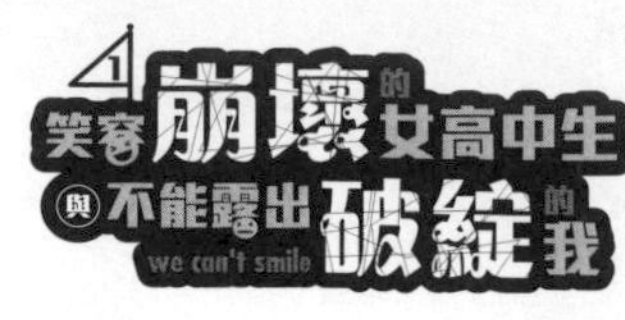

既溫柔而又成熟……所以，八王子才會成為眾人所愛戴的前輩。

「小九……你在想什麼？」

「呃、沒有。」

沉浸於過往中的意識，因八王子前輩的話聲猛然回轉。

「啊……吃飯時間都過一半了！」

剛剛專注地想著心事，甚至都忘了吃飯，我趕緊大口扒起燒肉丼飯。

八王子前輩靜靜看著我吃飯，他也不說話，只是維持那柔和的笑容。

時間過去許久，就在燒肉丼飯即將見底時，八王子前輩才忽然發問。

「……小九，你那種很疲倦的感覺，是因為『不能笑』的事情在煩惱吧？」

「……」

我盯著繪著鯉魚的碗底，停下吃飯的動作。

面對八王子前輩的提問，我不想撒謊。

「……嗯。」

「是在追求『笑容』的方面，碰到什麼新的困擾嗎？」

「那個……」

如果說困擾的話，也就只有那個了吧。

也就是學校的社團。

原本為了追尋笑容，我滿懷希望地加入十九凜凜夜創立的社團，但事情卻一點進展也沒有。

因為這間社團，一點也不可靠。

不光缺乏社團顧問，甚至沒有取社團名。如果殘酷地聲明事實的話，充其量只能稱為「同好會」。

而這樣子的同好會……或者說半吊子的社團，對於追尋笑容真的有幫助嗎？

再說，十九凜凜夜、七花暖暖陽這兩名少女，她們也不能笑。

不但不能笑，而且還是難以相處的怪人。

我們三人，說是攜手並進的共犯——這其實也只是表面上的謊言。

實際上，社團活動已經持續好幾天了，但我們三人就只是不斷爭執吵架，對於「尋求笑容」的研究並沒有任何進展，不是嗎？

會被互相妨礙的共犯們趁隙逃出？這個宇宙裡，大概不存在這麼沒用的監獄。

「……那個。」

面對八王子前輩的詢問，在猶豫過後，我還是決定說出實情。

花費五分鐘時間，我將社團的事情簡略描述。

「……總之，事情大概就是這樣。」

「這樣啊，我明白了。」

八王子前輩點頭。

如同以往那樣聰慧，他只聽一遍就掌握社團的現狀。

「也就是說，那個代號為十九凜凜夜的女孩，將『不能笑』的病症形容為監獄、而你們則是想要逃獄的『共犯』？很有趣的比喻呢。」

「……嗯，就是這樣。」

「那麼，小九，你想要與這些女孩子成為朋友嗎？」

八王子前輩突如其來的提問，讓我陷入遲疑。

但我還是老實回答。

「坦白說，我不想。」

「為什麼？」

「……剛才也說過了，我與十九凜凜夜以及七花暖暖陽，只是互相協力的共犯而已。」

「共犯？可是，我應該對小九你提過吧——真正強大的力量，源於守護『珍視之物』的溫柔。這才是人與人之間可靠的聯繫，畢竟共犯關係是很脆弱的哦。」

「…………」

我思考許久後，只能沉默。

這份沉默，源於兩人之間的價值觀差異——

——因為，八王子前輩的看法，恰巧與我的人生理論相悖。

就像宮本武藏孤身出發，為了追求「天下無雙」而挑戰眾多劍豪那樣——我認為、擁抱名為孤獨的強大，才是通往「無破綻人生」的正確道路。

但八王子前輩，卻認為人與人之間必須建立聯繫，那份源於守護「珍視之物」的溫柔，才是最可靠的。

毫無疑問，八王子前輩是個值得敬佩的男人，但是——

但是，人絕對不能輕易依賴他人，否則只會在關鍵時刻迎來背叛。

一旦擁有選擇權就會生起異心，歷史上那無數被諸侯推翻的君主，在大方向上證明了人類的劣根性。

再換個角度思考，擁有需要守護的對象，弱點就會如黑暗中的火把般明亮，那簡直就是在對壞蛋發出「快來利用這邊的弱點吧」這樣的吶喊。

歸納整合上述的一切，就可以得到屬於我的「正確答案」——也就是「互相利用的共犯關係」是必需的，必要的，理由僅此而已。

由於不想與八王子前輩爭論，所以我沒有將這些話說出口。

首先打破沉默的，是八王子前輩，他輕輕一拍我的肩膀。

「……小九，我可以猜看看嗎？你現在的想法。」

「嗯、呃，可以啊。」

我感到意外，只能有點侷促地回答。

看到我的糗態，八王子前輩又露出他那好看的招牌笑容。

「你現在在想：『就算其他傢伙全部聯手也無所謂，老子就是要一個人變得強大，然後幹掉那些膽敢擋路的人——!!』——沒錯吧？」

「……不，我沒有想像得那麼誇張。」

「但是，你存在類似的想法，對吧？」

我無法反駁。

就像是咬住釣餌的魚兒那樣，當我發現八王子前輩在引誘我做出回答時，就已經踏入無法否認的陷阱。

於是，我只好再次沉默。

「…………………………」

先是露出考慮的表情，接著八王子前輩忽然站起身，轉身回到店內。

……是去忙店裡的事情吧。

我將剩下的燒肉丼飯吃完，也跟著回到店內，將空碗放進洗碗槽裡。

就在休息時間即將結束之前，八王子前輩忽然再次現身。

「啊、八王子前輩！」

「小九，你看。」

去而復返的八王子前輩，露出好看的笑容。他伸出手，讓我看他的手掌心。

八王子前輩的手掌心裡，靜靜躺著三顆白紙折成的星星。

我疑惑地睜大雙眼。

「……這是什麼？」

「小九，這三顆星星的內部，各自寫上了一條『八王子的個人建議』。如果想要加深與她們之間的關係，拆開這些星星，或許會有幫助喔。」

八王子就連說明時也帶著微笑。

可是……星星裡寫有個人建議？拆開會有幫助？

我遲疑地盯著那三顆星星，並沒有伸手接過。

像是看出我猶豫的原因，八王子繼續發話。

「……你並沒有依賴我，選擇權還是在你自己身上。」

「——!!」

「好了，快收下吧。」

將我先前沒有出口的話語也徹底看穿，敏銳的八王子前輩將星星交到我的手上後，迅速轉身離去。

不過。

「選擇權……嗎？」

望著手上靜靜躺著的三顆星星，內心名為動搖的情緒，正在漸漸滋生。

第五章　一一藏的觀察能力

「加深與她們之間的關係啊……」

這樣子的想法，確實是有的。

雖然形容起來有點扭曲，但我想要加深的並不是所謂的「人際關係」與「友誼關係」——而是單純的「共犯關係」。

明明瞭解我的實際想法，八王子前輩卻還是將三顆星星交給我，背後應該存在十分深奧的用意。

於是，在猶豫整夜之後……隔天早上，在浴室內盥洗時，我拆開了第一顆星星。

「這是……」

對著滿是摺痕的白紙，我閱讀八王子前輩的字跡。

「照這樣子做的話，就可以獲得信任，與大家加深關係。」

「方法是……………」

我抬起頭。

因為太過吃驚，在浴室鏡子的映照中，我發覺自己瞳孔逐漸凝縮。

「這個方法……真的沒問題嗎？」

我並不想依賴八王子前輩。

但如果有更好的方法、就必須牢牢掌握，這是孤獨之人的生存經驗談。

雖然抱持疑惑，但我考慮許久後，還是決定嘗試八王子前輩的方法。

——畢竟，這可是那個完美無缺的八王子前輩，所給出的建議啊。

放學，社團活動時間。

最早抵達社團教室的人是我。

坐在沙發上，我耐心地等待凜凜夜以及暖暖陽現身。

躂躂、躂躂躂……

隨著走廊腳步聲響出現，大門很快被人拉開，凜凜夜踏進教室。

「哼，果然那隻噁心脂肪怪遲到了啊……明明已經說好，今天要一起討論社團名稱的。」

凜凜夜在我身旁坐下。她的體重很輕，就算多出一個人的重量，沙發也只下陷

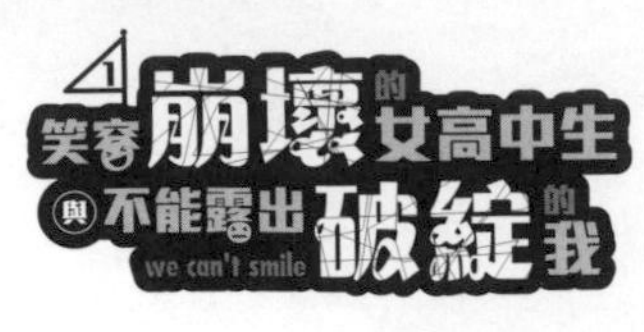

一點點。

「二藏，你倒是很知趣，這麼早來社團。」

「……」

對於討論社團名稱的事，我其實沒有半點印象，所以有點心虛地移開眼睛。

但凜凜夜卻傾斜身體將視線湊近，毫不留情地窺視我的眼瞳。

「……真可疑，你該不會也忘記了吧？」

「不，這怎麼可能呢？」

「那本小姐是什麼時候提出『要討論社團名稱』的？如果你沒忘記，應該可以輕易回答吧。」

我其實不知道答案，答錯的話凜凜夜肯定會生氣。

只是，如果照常理推斷的話，答案肯定是——

「——昨天！」

聽了我的答案，凜凜夜露出冷笑。

「答錯了！其實本小姐根本沒提出。但最近我的眉頭皺得特別深，你們總應該要懂得讀空氣（註3）吧？」

註3 讀空氣的意思是「察言觀色」。如果有人被抱怨為不會讀空氣，就是不會察言觀色、不懂狀況之意。

「那樣鬼才能懂啦！」

我忍不住將吐槽高聲說出口。

「…………………………」

啊，音量不小心過頭了，凜凜夜正在用很不滿的眼神盯著我看。

可是，被完全沒有在社會上工作歷練過的「小鬼」形容為不會讀空氣……這種批評，實在令人難以忍受。

就算我再怎麼沒有朋友，再怎麼不擅長與人相處，至少也懂得尊重職場上的前輩。

凜凜夜上上下下打量著我，然後像是想到什麼那樣，她嘴角翹起似笑非笑的弧度，豎起食指點在嘴脣上。

「二藏，如果你不滿意的話，就證明一下自己『讀空氣』的能力吧。」

「呃，證明自己『讀空氣』的能力？」

「怎麼樣？你果然辦不到嗎？」

「……當然可以。」

愣了一下後，我點頭接受挑戰。

由於凜凜夜的長相極為標致，如果表情不崩壞的話，她微笑起來其實還滿可愛的。

可是，就算她很可愛，為了證實自己在職場中鍛鍊出的觀察能力，我並沒有手下留情的打算。可愛是不能當飯吃的，我會用大人的觀察力讓妳嘗遍苦頭。

於是，凜凜夜擺出一副很有深意的表情。

「二藏，看著我。」

「看了。」

「那好，我今天看起來有什麼不同？」

有什麼不同嗎……

仔細觀察凜凜夜，很快發覺她的裙子有所改變。似乎是為了追求流行，原本規規矩矩的制式裙子，現在與暖暖陽一樣刻意修改長度，藉此露出更多腿部。

我將心得訴之於口。

「裙子好像變短了？」

「……還有呢？」

居然還有嗎？

鬢角處那個新月形狀的髮飾，是之前就有的吧。這麼說來的話，毫無疑問就是……

「是腰部那條細繩吧？」

凜凜夜的水手服上衣、接近腰部的地方，現在用一條橘色細繩將衣角緊緊縛起，讓水手服的曲線極度貼合上半身——這個行為導致她的胸部特別惹眼，看起來比原先大上一個尺寸。

在我回答出兩個不同點後，凜凜夜露出很吃驚的表情。

接著，凜凜夜伸出手指指向我。

「二藏，本小姐就稍微改變自己的看法吧！看來之前稱你為黑猩猩，真的是小瞧你了——你大概有海豚程度的聰明嘛。」

「……就不能承認我是人類嗎？」

「——現在還不行！」

「……」

喂，好歹考慮個一秒鐘吧！被用斬釘截鐵的態度拒絕，就算是我也會難過喔。我真的很想當人類啦！

我想了想，然後又發問。

「話說回來，妳改變打扮，是為了什麼？」

「二藏！你居然不知羞恥地拋出這種問題！這一切都是為了彌補你犯下的過錯——」

其實我只是隨口發問，但凜凜夜的語氣卻一下子變得浮躁起來。

「——看你那呆呆傻傻的表情，大概連自己做過什麼都不知道吧!!」

「什麼啦？我做了什麼？」

凜凜夜不耐煩地發出「嘖」的聲音。

「剛剛明明還稱讚你是海豚的，現在本小姐有點後悔了。」

「……難道妳又想把我降級回黑猩猩？」

「不，降成鍬形蟲。」

「居然連靈長類都不是了嗎！」

「鍬形蟲先生，您不光已經從靈長類被剔除，而且印象分數也降到負五百分了喔？」

「太過分了，印象分數跟生物種類，妳好歹選一邊留點顏面給我吧——!!」

「……才不要，像你這種膚淺的男人，也只配得上這種評價。」

膚淺的男人？

雖然十九凜凜夜常常毫無理由地批評他人，可是在說出「像你這種膚淺的男人，也只配得上這種評價」這句話時，臉上那一點也不坦率的表情，卻表明凜凜夜是真的很在意這件事。

因為感到疑惑，我開口發問。

「什麼意思？」

「本小姐不會解釋。因為鍬形蟲先生、絕對聽不懂人話。」

「我聽得懂、聽得懂啦！不要用那種藐視噁心昆蟲的眼神盯著我看！」

「嗚啊嗚啊，真是可憐呢——鍬形蟲先生雖然不斷發出吵鬧的鳴叫，但本小姐一個字都聽不懂，畢竟我是血統純正的人類呢——」

翻著白眼，用缺乏感情波動的呆板聲調這麼說著，凜凜夜的棒讀簡直傷透人心。

嗚……這傢伙一點也不給面子。

換成往常的話，我大概就會聳聳肩，轉身不理凜凜夜。

——可是，昨天與八王子前輩交談後，我已經下定決心——為了逃出「不能笑」這間牢獄，我勢必得加深與其他社員的「共犯關係」。

而且，打開八王子前輩給予的第一張紙條後，我在今天有想實行的事，因此不能讓凜凜夜的心情變差。

所以，忍受著凜凜夜的臉色，我只好繼續懇求。

「告訴我啦！」

「這是拜託別人的態度嗎？至少雙手合十來拜託我。」

「啪」的一聲，我將雙手合十。

「告訴我！」

「……哼。」

坐在沙發上的凜凜夜，先是慢慢站起身。

她在社團教室內走了幾步，先是悠哉地走到旁邊的桌子上泡起紅茶，在等待茶葉味道加深的過程中，她就這樣背對著我，緩聲發話。

「……二藏。昨天，你一直盯著色情脂肪怪看吧。」

一直盯著暖暖陽看？

我考慮片刻後，老實回答。

「沒有這回事。」

但聽見我的回答，凜凜夜卻霍地轉身，用嚴厲的眼神盯著我看。

「二藏，撒謊會變成鍬形蟲喔！」

「什麼啦！」

妳本來就把我當成鍬形蟲了吧？再說我也沒有撒謊。

「再不老實承認的話，本小姐就發動『天堂之門』的替身能力，把你的臉像翻書那樣打開，直接審視你的記憶。」

「妳到底有多迷岸邊露伴啦！」

像是要抑制自身的激動情緒，凜凜夜先是深深吸了一口氣。

接著，她終於將對話轉入正題。

「二藏，本小姐就實話實說吧。我的觀察力，可是很敏銳的——昨天你偷瞄了色情脂肪怪的胸部吧。」

「……啊？」

「別一臉意外地在那邊『……啊？』，在社團活動時間內，你不但看了，而且一共偷看了四十三次。」

「我——」

我原本想要辯解，可是凜凜夜卻用很認真的表情、說著很荒謬的話。令人矛盾的混亂感，讓我一時難以措辭。

她認真到甚至連紅茶都泡得過頭了，太濃的紅茶反而會失去應有的美味。

坦白說，我其實沒有刻意偷看的印象……可是即使退一萬步，我偷看了，也輪不到凜凜夜來生氣吧？

發覺我不說話，十九凜凜夜氣勢洶洶地追擊。

「雖然本小姐也說過『視線會自動追尋女性的胸部，是正常男性的本能』這句話，但你在得到體諒後，偷看的次數未免也太多了，簡直是貪得無厭。」

「誰貪得無厭啦！我才沒有那樣！」

無視我的辯解，凜凜夜繼續說下去。

「──再來，你也偷看了我的胸部，一共二十四次。」

「啊？」

雖然我完全沒有這樣的記憶……不過，畢竟偷看是不好的行為。

就在我想要再次雙手合十道歉的時候，凜凜夜邁開腳步朝沙發逼近。她將身體彎腰向下，呈現類似九十度鞠躬的動作，但是臉孔卻逼視著我。

近距離彎下腰盯著我看，凜凜夜的赤紅雙瞳寫滿執著。

「所以，為什麼偷看本小姐的次數比較少？」

「──妳在意的點是這裡嗎？」

無視我目瞪口呆的表情，凜凜夜繼續提問。

「……所以，為什麼偷看本小姐的次數比較少？」

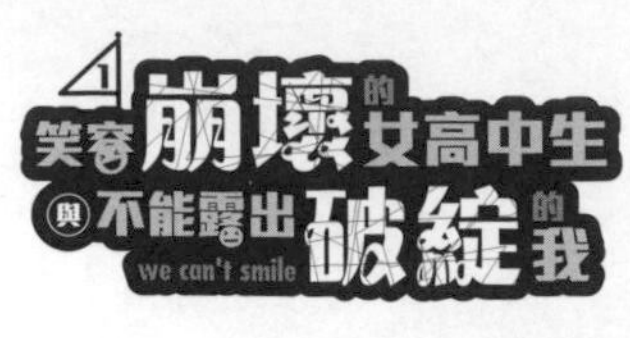

「呃啊……」

面對凜凜夜彎腰發問的氣勢，我感到難以招架。這種問題究竟要怎麼回答呢？

「鍬形蟲先生、面對本小姐的提問，你難道就只能發出『呃啊……』這種含糊不清的回答嗎？你就連發聲器官都退化了嗎？」

「我不是鍬形蟲啦！」

「不要亂噴口水！鍬形蟲細菌會傳染的！」

「所以就說我不是——」

就在這時，原本已經湧上喉頭的話語，再次被我吞了下去。

因為我注意到某件事。

「……」

我看向凜凜夜腰部位置、那條用來刻意強調胸部曲線的橘色細繩，又聯想到凜凜夜步步進逼的提問。

於是，我忍不住發問。

「……凜凜夜，妳該不會是因為介意『自己被偷看的次數比較少』，所以才改變了打扮吧？」

「————!!」

聞言，剛剛還氣勢逼人的凜凜夜，雙眼瞬間睜大。

她直起腰，視線飄忽地移開。

「呵……呵呵……真是有趣的假設呢。但是，這、這怎麼可能呢！本小姐怎麼可能因為介意輸給那塊色情腐爛脂肪、刻意改變打扮來迎合區區二藏的喜好——這怎麼想都不可能嘛。」

「這樣啊……但妳剛剛的話語，聽起來很像偵探劇裡的犯人，在被攻破心房時吐露的自白呢。」

「你、你說什麼——」

凜凜夜的臉蛋唰地變得通紅。

滿臉通紅的凜凜夜，像是因為內心的極度動搖那樣，忽然踉蹌地後退兩步。

接著，她伸出手指著我，拚命發出不甘心的嘶喊聲。

「吵……吵死了、吵死了！區區二藏、明明只是個什麼也不懂的笨蛋二藏，不要說得好像看透了本小姐一樣!!詛咒你喔，用寫上千咒文的稻草人詛咒你會踩進臭水溝，然後變成不受女人歡迎的臭臭泥!!」

啊、糟糕，凜凜夜好像惱羞成怒了，說過頭了嗎？

「……」

就在我陷入煩惱的時候，教室大門忽然再次被人拉開。

一名金髮巨乳的少女踏進教室，露出神氣活現的表情。

「卑微的凡人哦——恭迎神之少女的降臨吧！今天人家也是閃耀登……」

就算是有點遲鈍的暖暖陽，在看見教室內的情況時，也發覺氣氛不對勁。

察言觀色後，她的音量迅速減弱。

「那個、你們在吵架嗎？」

「不，本小姐與二藏在討論事情。」

暖暖陽一愣，然後又發問。

「……你們在討論什麼？」

「二藏昨天用下流的眼神偷窺妳的胸部四十三次的事。」

「──咦咦!?這麼多次？」

暖暖陽臉頰紅了起來，她將手臂交叉在胸前擋住雙峰。

「嗚哇──二藏同學真差勁。虧人家之前還稱讚你比其他男生自愛耶！大騙子二藏同學，大騙子！」

接連發出這樣的埋怨，暖暖陽斜眼鄙視我。

「……」

我看了看惱羞成怒的凜凜夜，又看了看滿臉嫌棄的暖暖陽，不禁仰天長嘆。

看來，想與這些傢伙加深「共犯關係」，我還有很長一段路要走。

第六章　八王子的二顆星星・續

只喝了一口紅茶，暖暖陽就皺起眉頭。

「紅茶太濃了！惡臭海苔，妳泡紅茶的技術好差！」

「……這是二藏的錯。」

「為什麼？」

「因為在妳來之前，二藏太過煩人，紅茶才會泡過頭。」

我並不打算辯解，只是將手臂倚在窗邊，在眺望風景的同時慢慢啜飲紅茶。

真的泡過頭了，紅茶並不是越濃越好喝。

但凜凜夜並不在乎犯人有沒有回答，只是自顧自地與暖暖陽說話。

「怎麼樣？二藏這傢伙在妳心中的印象分數降低了對吧？」

「……嘿哎——？印象分數嗎？如果是指評價的話，確實降低了啦。」

聽暖暖陽這麼說，凜凜夜忽然露出竊喜般的微笑，但她馬上「咳咳、嗯」地以咳嗽掩飾過去。

為什麼非得降低暖暖陽對於我的評價不可啊……對於凜凜夜的行為，我感到一陣無語。

將紅茶一飲而盡，我開始思考接下來的計畫。

「關係……」

……雖然並非出自本意，但我想要加深與凜凜夜、暖暖陽這兩名少女之間的關係。

當然，這裡指的關係，並非男女之間那種不純的情誼，而是能夠一起逃獄的「共犯關係」。

因為，只有囚犯彼此同心協力的情況下，才能打破僵局，進而彌補我「不能笑」的破綻。

「……」

我看向凜凜夜以及暖暖陽。她們現在喝完了紅茶，一個坐在課桌椅前閱讀《沙蟲的七種飼養方式》，一個躺在沙發上翻閱流行雜誌。

我與這兩名少女，可以說沒有任何共通話題。

——如果從這點來推論，僅憑「交際技能ＬＶ１」的我，想與這兩名少女打好關係，恐怕難如登天吧。

可是，我有八王子前輩給予的指點。

對於八王子前輩，我可以說是信心滿滿——因為我從未見他失敗過。曾經有一次在店裡打烊後，大家留下來一起玩大冒險遊戲，抽到壞籤必須執行命令的八王子前輩，可是在街上連續搭訕了十個女性都成功要到聯繫方式。

也就是說，八王子前輩對女性很有一套。

「嗯、能行！」

想到這裡，我已經徹底堅定了決心。一定要打好關係，一定要彌補自身「不能笑」的破綻！

「那麼，開始執行八王子前輩給予的『作戰計畫』！」

躂躂、躂躂躂。

我刻意讓她們聽見我的腳步聲響。

接著，我打開教室大門，走到走廊上。

因為大門沒有關上的緣故，教室裡面的人，可以很輕易透過敞開的門口，看清楚我的一舉一動。

而我本人則是將雙手負在背後，露出淡漠的表情，側身看向遠處的城市。由於這裡是八樓，所以能夠將遠處的景色盡收眼底……甚至連城市之外連綿的群山，也成為瞳孔上倒映的色彩。

眺望那城市，感受那群山，我臉上的表情，逐漸由淡漠……轉為隨時會嘆氣般的複雜。

那複雜，同時也是一種難以被理解的寂寞。

「……」

一分鐘過去了。

「……」

五分鐘過去了。

第一個對現狀產生反應的人，是凜凜夜。

「是誰不關門啦！風都吹進來了不是嗎！」

對於看書過程被打擾，凜凜夜有點火大。

她用很快的速度轉頭看向門口，接著透過敞開的門口……看見了我的側臉。

露出懷疑的表情，凜凜夜呼喚一旁的暖暖陽。

「……喂，色情脂肪怪，妳看二藏。」

「哈哈哈哈……搞笑死了～～～嗯？妳說什麼？二藏同學怎麼了？」

專注閱讀雜誌的暖暖陽，原本赤著腳在沙發上亂踢，聽到凜凜夜的話才轉頭向我看來。

「——咦咦、二藏同學在做什麼？他那表情是怎麼回事？」

暖暖陽半撐起身體，先是疑惑地挑高眉毛。

接著，她用很習慣指使人的那種語氣，朝我發出大喊。

「──喂，那個誰，外面的風很冷耶，趕快回教室把門關上啦！」

「……」

我依舊沉默，只是繼續維持寂寞的神情，望著城市與群山。

暖暖陽摸了摸下巴，接著轉頭看向凜凜夜。

「……難道說，二藏同學吃壞肚子了嗎？」

「我怎麼知道！本小姐就是感到疑惑才問妳呀！」

就像被挑起好奇心的貓咪那樣，碰見前所未見的情形，兩名少女在經過簡短討論後，決定放下手中的書本，邁步走出教室。

接著，兩名少女站在我身旁不遠處，凝望著我提出疑問。

「二藏，你在做什麼？」

「二藏同學？」

「……」

面對接連而來的問題，我先是默然片刻。就像她們兩人問出某種愚蠢至極的問題那樣，我傲然地微微上揚嘴角。

然後，我背著手，緩聲進行回答。

「我在……」

回答的同時，我的瞳孔裡也映著那城市與群山。

「……注視著這個天下！」

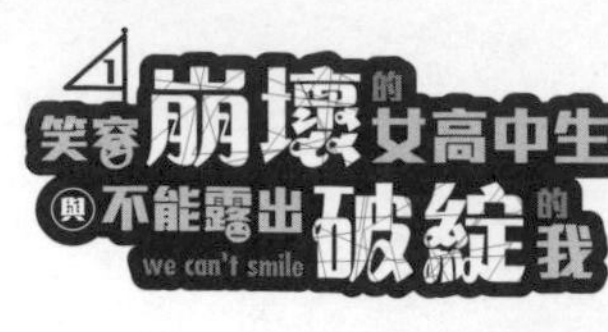

「「…………………………………………」」

凜凜夜沉默了。

暖暖陽也沉默了。

不約而同地，她們迅速後退好幾步，拉開與我之間的距離。

退到牆角的兩人，將手掌搭在對方耳朵旁邊說著悄悄話。

先開口的人是凜凜夜。

「……那個，二藏有中二病嗎？」

「不、不知道耶！人家也是第一次發現。」

「……太靠近那傢伙的話，中二病細菌會不會傳染呀？嗚啊——他身上的細菌也太多了吧，本小姐原本以為鍬形蟲細菌就夠我受了！」

「嗯、嗯嗯！這麼說來，二藏同學簡直是個充滿細菌的細菌人呢，糟糕死了。總而言之，我們趕緊離他遠一點吧。」

誰是細菌人呀——喂喂!!妳們的批評我都聽見了喔！我的「人生觀察家」技能可是很厲害的，就算說悄悄話也無法逃離我的聽覺喔。

只是，這兩人一如往常地自說自話。

兩名少女先是擅自將別人蓋章成為細菌人，在我開口埋怨之前，她們就已經結束交談，回到教室內繼續做原本的事。

隨著教室大門「哐啷」一聲地被關上，我獨自站在走廊吹著冷風。這次，內心真的感受到了名為寂寞的情緒。

緊接著，吃驚的念頭也席捲全身。

「這、這怎麼可能呢……」

以戟張的五指按住臉孔，我近乎無法置信地低下頭。

「我明明已經照著八王子前輩的話做了……這可是那個天下無雙、如同希臘神祇般偉岸完美的八王子前輩給予的建言喔……？」

震驚、不解、疑惑、狐疑……諸多想法，最後在腦中所組成的最後畫面，是八王子前輩所給予的第二顆星星。

「對了……第二顆星星……八王子前輩給的建言，還有後續吧!!」

就像快要溺死的人抓到救命稻草那樣，我再次燃起希望。

「我要逃出『不能笑』的監獄……一定要、絕對要，誰也無法阻止我的決心！」

在喃喃自語的同時，我用顫抖的手掏摸口袋，並且迫不及待地取出第二顆星星，將其拆解。

定睛看著紙上的文字。

「原來如此……原來如此……剛剛不過是『第一環計畫』……環環相扣……這是環環相扣的妙計呀……」

我無法掩飾內心的激動。

因為，在理解紙上的文字後，我再次升起對於八王子前輩的無限佩服。

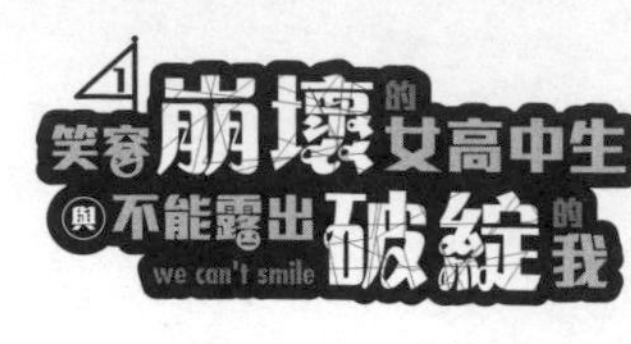

教室大門「哐啷」一聲地再次被拉開。

我走進教室，開始實施「第二環」計畫。

這次，我沒有再次面對城市或是群山，而是背靠窗戶……將戟張的右手五指按在臉上，略微低頭，做出思考的樣子。

我就這樣一動不動，將正面對著兩名少女，始終如雕像般沉思，

「……」

一分鐘過去了。

「……」

五分鐘過去了。

將手中的流行雜誌看完後，終於暖暖陽注意到我的異狀。

「嗚哇、二藏同學又開始那種差勁的行為了。」

她指著我的鼻子這麼說，真是失禮的傢伙。

而與暖暖陽的驚奇相反，凜凜夜看了我一眼後，「哈啊……」地嘆了口氣。

「別理他，否則各式各樣的細菌會傳染過來的。」

「嗯、嗯嗯！」

暖暖陽接連點頭。

「……」

聽見兩名少女接連的奚落以及批評，我非常不甘心。

非常非常，不甘心。

可是，只要第二環計畫也順利實施，想必就能取回失去的顏面——甚至讓這兩名怪人對我另眼相看，這樣也就能打好關係了。

於是，我繼續維持沉思的動作。

「…………」

我站在凜凜夜身旁沉思。她在閱讀奇怪的冷僻書籍。

「…………」

我站在暖暖陽身旁繼續沉思。這次她開始看有關化妝品的雜誌。

「……………………………………」

我站在兩人中間——不斷沉思，戟張的五指中透出的眼神，也越來越是複雜……以及充滿沉醉於歲月中的滄桑。

嗶哩。

嗶哩、嗶哩——

凜凜夜與暖暖陽兩人的太陽穴位置，有越來越多的青筋開始浮現。

最終——

「「你這傢伙到底有完沒完啊——————!!」」

兩名少女發出默契絕佳的大吼，居然同時拍桌站起。

紅色雙瞳彷彿燃起熊熊烈焰，凜凜夜不滿地將雙手按在桌上，整個身體向我這邊前傾。

「二藏，你到底在搞什麼鬼!?打擾本小姐看書的代價可是很沉重的喔！」

我知道，代價是被釘草人對吧。

而暖暖陽也皺起細細的眉毛。

「二藏同學……不對、細菌人！你到底想做什麼啦，是又想說出『我在看著這個天下！』這種亂七八糟的話嗎？煩死了、你真的超煩的耶！」

聽見她們的話，我嘆出一口長氣。

將原本按在臉上的五指移開，我對著她們搖搖頭。

「妳們兩個……以為我會說出『我在看著這個天下！』這種話……？真是小覷了我二藏的器量，也小覷了這個世界……!!」

暖暖陽以及凜凜夜，同時氣得臉色漲紅。

接著，凜凜夜用差點撞倒桌子的動作跑起步來，「唰唰唰」地將教室裡的窗簾一口氣拉上，很快隔絕外界的風景。

「這樣一來、看不到外面，二藏你就沒辦法說出剛剛那句『看著天下』什麼的了對吧？」

簡直是小氣鬼裡的模範生，凜凜夜不斷冷笑。

而暖暖陽也狠狠瞪著我，咬牙切齒的聲音大到這邊都聽見了。

哼……

眼看時機已經成熟，我對著兩人攤開雙手。

「我二藏，當然不是在看著這個天下，畢竟——」

並且，我抬起頭望著天花板，發出至今最為寂寞的感嘆聲。

「——這個天下，已經入不了我的眼裡。」

暖暖陽愣住了。

凜凜夜也愣住了。

「……………」

「…………………………………………」

「……………………………………………………………………………………」

在令人難以忍受的沉默過後，兩名少女忽然同時笑了。

「呵呵呵……」

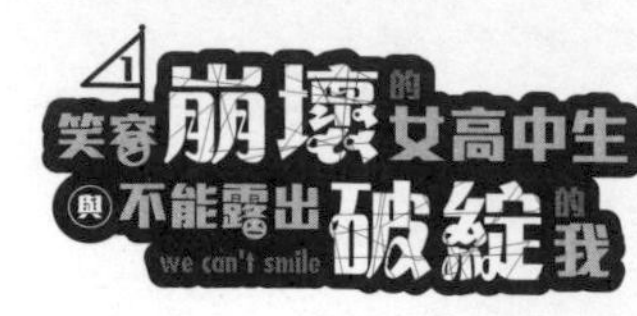

「啊哈哈……」

怒極而笑。

一個顏面抽搐，露出無法自制的崩壞笑容。

一個臉部扭曲，露出色情漫畫裡高潮般的アヘ顏。

怒極而笑的兩人，笑到甚至連在我面前失去形象都不在乎。

接著，她們一人一邊地架住我的雙臂。

「喂、喂喂，妳們兩個做什麼——!?」

隨著教室大門被「砰」一聲狠狠拉上，我被毫不留情地扔出教室。

第七章　那麼，來合作逃獄吧

廁所。

這裡是八樓走廊另一端的廁所，我跑來這裡，將頭伸到水龍頭正下方。

沖著冰冷的自然水，腦袋裡卻持續冒出疑問。

「不可能……這絕對不可能!!」

抬起頭，我看到鏡子裡的自己滿臉震驚，甚至驚訝到臉部肌肉都微微扭曲。

「我明明將一切做到了極致，實現了完美……可是她們那種盯著蛆蟲看的眼神是怎麼回事？為什麼『共犯關係』沒有加深!!」

——啊、難道說，時下的ＪＫ用那種眼神看人的話，就是「對你有好感」的意思嗎？

不，這怎麼想都不可能吧。就算我與女生接觸的經驗再怎麼少，在致命的人生

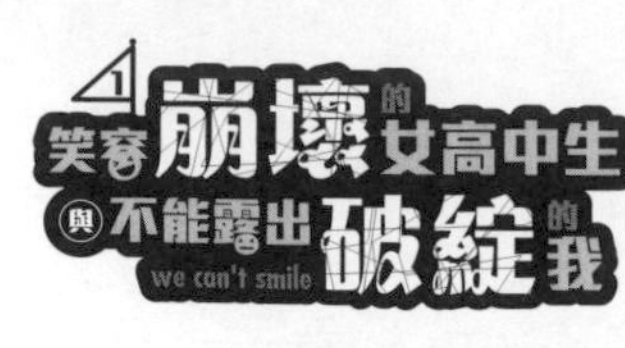

交叉點上也不會弄錯方向。

如果這是美少女遊戲的話，毫無疑問就是一條主角孤獨終老的垃圾路線。

因為太多問題無法獲得解答，思考漸漸變得混亂。

可是。

「八王子前輩的話明明是絕對的，八王子前輩肯定不會犯錯。」

因為，八王子前輩曾經一再實現奇蹟。哪怕這麼孤僻扭曲的我，都無法對這個男人產生懷疑。

這些，是在遙遠的過去所發生的事──

曾經，燒烤店的風潮吹起，「極上屋」周遭忽然多出五家競爭對手……就在「極上屋」瀕臨倒閉時，八王子前輩只是笑著說了一句：「交給我吧。」在花費三天時間，鑽研從來沒有接觸過的經營學後，他以戰術性銷售進行商品更替，順利引來更多客源，讓「極上屋」就此度過難關，甚至藉此引來電視節目的採訪。

也曾經，店裡忽然來了三名被警方所追逐的通緝犯，走投無路的通緝犯闖入「極上屋」後，拿槍挾持店內一共七十名客人做為人質，藉此與警方談判。而當時正要上班的八王子前輩，看到這個景象，依舊笑著說出：「客人就是上帝，交給我吧。」這樣的話──在破壞通風管潛進店內後，只經過短短十分鐘，八王子前輩赤手空拳打暈三名持槍的搶匪，將搶匪們扔到警方面前，而被挾持的客人們毫髮無傷。

甚至平頭前輩曾經對我這麼炫耀過：「小九，在你來店裡工作之前，有一次大家聽說間隔七十七年的『七星連珠』星象快要出現了，店長甚至為此借來了天文望遠鏡——但在『七星連珠』的那天，卻烏雲密布，颳起誇張的暴風雨。」

「後來呢？」

「後來八王子前輩往天上吹了一口氣，烏雲與暴風雨就散去了，讓大家能開開心心地一起觀賞『七星連珠』。」

「……」

我原本認為平頭前輩是在開玩笑，可是，他那不帶笑容的認真表情是怎麼回事。

總而言之，八王子前輩是萬能的，是無敵的。他面對任何情況都會露出溫柔的笑臉，並且輕鬆將事情解決。

是的。八王子前輩……與缺乏朋友協助、退一步就會落入萬丈深淵的我不同。

我是「不能敗北」，而八王子前輩是「不會敗北」。

一字之差，也帶來天壤之別的境界差距。

綜上所述，八王子前輩與凡人不同，擁有超乎常理的強大。

「可是，這麼強大的男人，他所給予的計策，似乎也要失敗了……」

發呆許久後，我想起了第三顆星星。

八王子前輩給予的第三條妙計，就寫在這顆星星裡。

如果說，那個男人如同神話的事蹟，依舊不會幻滅的話——

那麼，一切的轉機，想必就藏於最後的星星中。

「八王子前輩，你會敗北嗎……」

先關上水龍頭。

然後，我摸索出口袋裡的星星、將其拆開，就著廁所裡昏暗的燈光閱讀。

八王子前輩的字跡很漂亮，給人乾淨整齊的感覺。

「小九，拆開這顆星星的當下，想必社團裡的那些少女，看向你的眼神已經改變了吧。」

「——確實呢，她們的眼神像是在詛咒蛆蟲。」

我如此自語後，繼續往下閱讀。

「——就算被認為是笨蛋也別灰心，因為人的潛能是很強大的——沒有任何包袱與顧忌的失敗者，在墜入失敗的谷底後，反而能不帶任何顧忌地開始拚命。懷抱這樣的心態，才能對「不能笑」這間難纏的監獄，獻上有史以來最豪華的脫逃魔術。」

【——換句話說，自稱與那些少女是「共犯」，想要加深共犯關係的你，必須展現足以撼動她們認知的魔術，才能使她們心甘情願與你合作。】

【而這個魔術的本質，其實十分簡單與純粹。那就是——……………】

看清最後一句話的瞬間，我的瞳孔瞬間凝縮。

接著，我忍不住笑了。

「哼哼哼……哈哈哈……原來如此……原來如此啊……這就是想要逃獄的唯一途徑，這就是——獨屬於『不能笑』監獄的囚犯，才能實行的——

「盛大演出!!」

鏡子中，我的笑臉依舊如鬼臉般僵硬與扭曲。

可是，我的眼神卻不再帶有迷惘。

躂躂。

躂躂躂躂。

腳步聲在安靜的走廊上，不斷產生迴響。

停下腳步後，我再次拉開社團教室的大門。

在大門敞開的瞬間，八樓的勁風再次灌入教室內，而十九凜凜夜以及七花暖暖陽這兩名少女，也同時看向我。

沐浴於呼嘯的勁風中，我的話聲順著風勢，向她們送了過去。

「……我來幫助妳們逃獄。」

踏進教室，我走到沙發前，在她們面前彎下腰，並且伸出代表「合作」的魔術之手。

在伸出手的同時，八王子前輩紙條上的最後一句話，也在我的內心流淌而過。

「而這個魔術的本質，其實十分簡單與純粹。那就是——先幫助別的犯人逃獄!!」

是的。

只有獲得足夠利益，才能產生與之對等的交換條件，這是人類衡量事物的優先考量。

所以，如果想讓別人幫助自己逃獄，唯一的條件也就是——幫助別人逃獄!!

妳幫我，我幫妳。

如八王子前輩所說的，確實簡單而純粹。

——因為，只有當她們先看見通往出口的一線希望，才會替你在伸手不見五指的黑暗中，點起名為指引的火光。

這很公平。

因為，以利益交換利益，這就是在人類歷史上一再被佐證為最可靠的……「大人的等價交換」!!

「……」

教室裡很安靜。

我依舊維持彎腰伸手的動作。

凜凜夜保持沉默，用審視的目光上上下下打量我。

「給。」

而暖暖陽忽然將流行雜誌塞到我手裡。

我一愣，抬起臉看著暖暖陽。

「我不要雜誌。」

「不然你要什麼？『這個天下』嗎？噗噗噗……遜斃了，二藏同學明明都已經是高中生了，卻還是那麼中二呢。」

「……」

被暖暖陽搗著嘴用「噗噗噗」這種瞧不起人的笑聲嘲笑，我感到很不爽。

可是就算很不爽，我還是耐住性子，先將流行雜誌放到桌上，接著從旁邊拖過一張椅子，坐在兩名少女的正對面。

「我想要逃離名為『不能笑』的監獄——可是，單靠一個人是無法越獄成功的。否則我們三個，此刻不會坐在這裡互相爭執。」

我的態度非常嚴肅，如果場地適合正坐的話，想必我就會正坐以明態度吧。

「——也就是說，我想要得到妳們的幫助，藉此逃出監獄。」

聽到這裡，凜凜夜與暖暖陽的表情變得認真了一些。

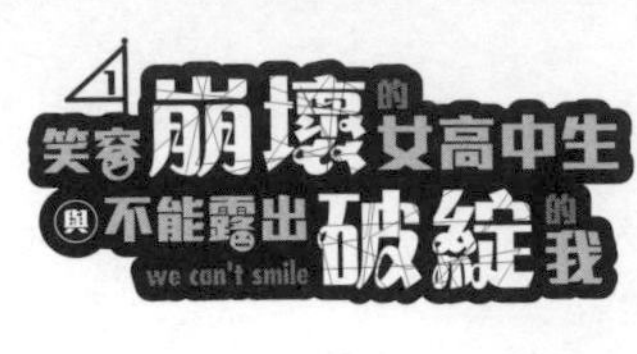

而我繼續說下去。

「只不過，彼此既不是朋友、也不受妳們所信任的我，不可能無條件得到妳們的幫助，沒錯吧？」

盯著她們臉上每一個表情變化，我做出結論。

「——所以合作吧！由我先幫助妳們，展開第一輪的逃獄行動！」

「……」

將一切都直白道出後，教室內的氣氛忽然變得有點壓抑。就連暖暖陽也不再笑了。

四周變得寂靜無聲，就連呼吸與心跳都幾乎能夠聽聞。

……局面產生這樣的變化，其實我也能夠理解。

因為我們既是犯人也是病患——如果想要獲得別人幫助，勢必得將自己罹患「不能笑」病症的原因道出。

由於父母雙亡，在育幼院獨自長大，我從未對任何人敞開心房。對於八王子前輩，也僅止於類似偶像的憧憬而已，雙方並不是朋友。

可是，就算過去這麼多年、已經有些釋懷，要將不願回憶的過往誠實道出，想必也會有些難以啟齒。

此刻陷入沉默的十九凜凜夜、七花暖暖陽兩名少女，想必也是同理。她們會陷入「不能笑」的窘境……內心肯定潛藏、龜縮著，某種日積月累導致的深刻理由……

所以，就算我此刻宣稱要幫助她們，而她們也明白我的提議十分正確……一時之間，也只能在猶豫不決中掙扎，無法鼓起逃出監獄的勇氣。

「……」

沉默已久的凜凜夜，她那細長的鳳目，像是在衡量對方的能耐那樣，一眨不眨地盯著我看。

接著，凜凜夜終於開口。

「二藏，你說想幫助我們逃獄，那你要怎麼幫？」

一針見血的提問。

我思考片刻後，回答。

「依據妳們給出的情報，藉此擬定解決的方案。『不能笑』肯定有其發生的原因——只要將那源頭剷除，笑容的河川就會像常人一樣，在臉上洋溢出幸福的表情。」

「原來如此……」

凜凜夜輕輕頷首。

只不過，雖然凜凜夜點了頭，但從她無所謂的語氣來猜測，那多半只是不置可否的答覆。

正當我想要長篇大論地強調自己的論點時，凜凜夜卻忽然突兀又毫無徵兆地，

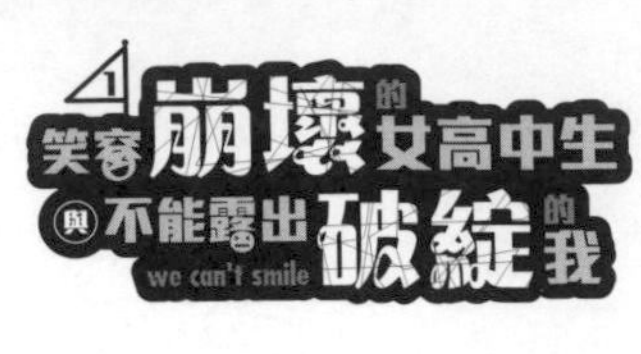

提出某樣毫無關聯的質詢。

「……二藏……你的傷疤，還會痛嗎？」

以緩慢的語速道出這樣的問題，凜凜夜的視線彷彿也隨著言語下墜，停滯在自己的膝蓋處。

「傷疤？」

在一愣之後，我下意識摸向自己的左肩與上臂。

在那裡、遭到制服掩蓋的軀體下，斜斜地橫過一道大約十五公分的猙獰傷疤。

之前在訂下第二條社規時，我有傷疤的情報被其他人得知。可是，凜凜夜為什麼還在這時提起傷疤呢？

雖然不明原因，但我還是實話實說。

「不會痛，但每當陰天下雨的時候，或許是因為溼氣吧，總是會生出搔癢感，就像有螞蟻在皮膚底下爬行那樣。」

「……這樣啊。」

做出簡單的回答，凜凜夜微微皺眉，並且閉上雙目。

即使具備「人生觀察家」的技能，但人的情感是很複雜的，哪怕是我，也無法徹底透析。至少凜凜夜突如其來的提問，與那閉目皺眉的動作，我就無法讀出潛藏在其後的情感，究竟帶著什麼樣的色彩。

話說回來，這個宣稱座右銘為「公平就是一切」的少女，原本就令人難以捉摸——與雖然驕傲、但藏不住想法的暖暖陽不一樣。凜凜夜用來隱藏自身想法的，是一種前所未見的、難以言喻的孤獨。

那種孤獨，很接近太陽即將升起前的，那無可比擬的漆黑。

那漆黑，曾經很接近光明；但也因此，比任何事物都更加遠離光明。

正因被那伸手不見五指的漆黑、或者說孤獨所籠罩……

……所以，我一直不懂凜凜夜。

「……好吧，本小姐同意這件事了。」

再次睜開眼睛時，凜凜夜已經恢復平常高傲的表情。

我原本以為凜凜夜是最難說服的對象，但她居然是第一個同意的人，這點超乎我的預期。

接著，凜凜夜伸出手，指向坐在身旁的暖暖陽。

「只不過，逃獄行動要從這隻色情脂肪怪開始。」

「……誒？」

那發言極為突然，使暖暖陽露出呆滯的表情。

還沒等暖暖陽反應過來，凜凜夜就露出一個扭曲的微笑。

「如果想逃獄的話，就得把自身『不能笑』的祕密說出來對吧？這種羞恥到令人想哭的行為，最適合色情脂肪怪來擔任先鋒了。或者說擔任第一頭白老鼠。」

「誒——!?為什麼啦，人家才不要當白老鼠！絕對不要、死也不要！」

用很激動的語氣反駁，果然自詡神之少女的暖暖陽，沒有那麼容易對凡人的提案妥協。

而凜凜夜狠狠瞪她一眼。

「……剛剛那只是本小姐『感性面』的發言，假若改由『理智面』來分析的話——妳是我們之中症狀最輕微的一個，妳仔細想想，妳至少能夠偽裝出燦爛的笑容對吧？所以妳是最容易康復的病人，又或者說是……距離牢獄出口最近的囚犯。」

「人家——」

暖暖陽原本張口想要反駁，但嘴巴剛剛張開，卻無法繼續說下去。

因為凜凜夜的言論，確實很有道理。

就連我也聽得啞口無言，原本以為凜凜夜只是挾私報復，沒想到居然有經過深思熟慮。

可是，就算暖暖陽無話可說，但想要說服她可沒那麼容易。

這傢伙可是驕傲到會自稱「神之少女」的怪人，與動不動就稱呼別人黑猩猩的凜凜夜對比，那強烈的自尊心，兩人幾乎不分上下。

所以，哪怕出於「人家就是不想輸給凜凜夜」這種幼稚的理由，這個代號為七花暖暖陽的少女，也絕對不會認輸。

「哼哼……笨蛋發霉海苔，或許從妳的角度看來，是這樣沒錯——」

暖暖陽仰起臉蛋，用鼻子「哼哼」地噴氣。

「——可是，人家可是集上天寵愛於一身的神之少女哦？腦袋聰明、長相可愛，就連胸部也很大，如果要挑白老鼠的話，不管怎麼說，都不可能是人家第一個上吧？這是連神都會不忍心的殘酷行為哦！」

說出已經重複好多次、連旁聽者都會背的自誇自讚臺詞，暖暖陽在拋出歪理的同時，居然也露出驕傲到不行的表情。

顯然，暖暖陽是打從心底認為自己很特殊，腦袋聰明、長相可愛、就連胸部也很大。

或許這些都是事實，但是如果由當事人不斷發言強調的話，就會造成——

「——這樣啊，那就由我跟二藏互相合作就好。」

凜凜夜撇過頭去，用無所謂的語氣這麼說。

「妳不想當白老鼠的話，就儘管放棄好了。畢竟本小姐跟二藏聯手，也完全足以解決難題嘛——」

「……咦？你、你們不繼續求人家嗎？說不定再央求一下的話，人家就會大發慈悲答應哦？」

面對乾脆放棄的凜凜夜，暖暖陽睜大眼睛，她臉上寫滿「事情超乎意料」的困惑。

凜凜夜不理暖暖陽的提問，只是迅速站起身。

「腐爛色情脂肪怪，給本小姐聽好了——接下來我會與二藏聯手展開逃獄行動、

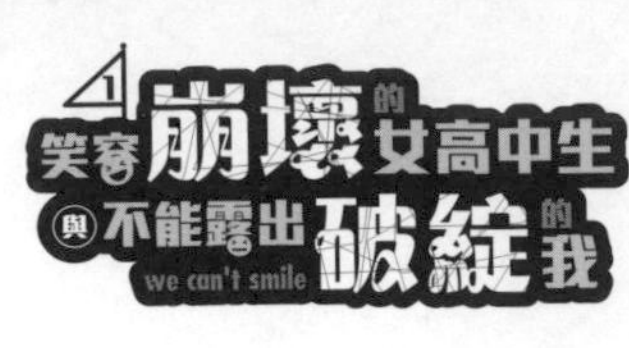

所以一切的後續發展，都跟妳沒有任何關係。」

接著，凜凜夜走到我身旁，拉著我的衣角，朝教室角落走去。

一邊走，凜凜夜開口發話。

「二藏，其實我已經想到解決『不能笑』病症的方法，這方法堪稱絕妙，如果不是本小姐天資聰穎，就算再過一百年，也未必有人能夠想出。」

凜凜夜的聲量很大，傳遍了整間教室。

我與凜凜夜拉過兩張椅子，坐在教室角落，面向牆壁彼此交談。

「……二藏，接下來說話時，盡量把聲音壓低，別讓那塊笨蛋脂肪聽見了。」

我雖然依言壓低音量，但在意的卻是另一件事。

「凜凜夜，妳剛剛說的方法是什麼？」

「哼，那是騙人的，根本沒有那種方法。」

「啊？」

「如果有那種方法，本小姐早就自己設法恢復笑容了。」

「……………………………」

——那妳為什麼要這麼說？

我本來想這麼問，但卻看見凜凜夜隱蔽地用大拇指指向身後——那是沙發的方向。

「……？」

在疑惑中，我半回過頭，朝沙發看去。

盯～～～～～～～

暖暖陽的雙目，正從沙發的上緣探出，一眨不眨地盯著我們看。

她的眼裡寫滿了「好在意、好在意、好在意、好在意、好在意、好在意他們在說什麼～～～～～～！！！！」這種迫切到幾乎化為實質的情緒。

但礙於驕傲無比的自尊心，暖暖陽就只是躲在沙發後偷窺而已。

凜凜夜戳戳我的肩膀，接著對我說話。

「二藏，接下來我們輪流背九九乘法表，然後一邊做出驚喜的表情。」

「呃……」

「別擔心，這很有趣的哦？由我先開始吧。」

凜凜夜露出詭異的微笑。這微笑，居然比她平常抽搐的笑容還要扭曲。

「九一得九。」

說完，凜凜夜忽然一拍手，露出某種大徹大悟的浮誇演技。

盯～～～～～～～～～～～～～

看到那模樣，暖暖陽吃了一驚，眼睛瞪得更大了。

「六三十八。」

我無奈之下跟著回答。

「七三二十一。」

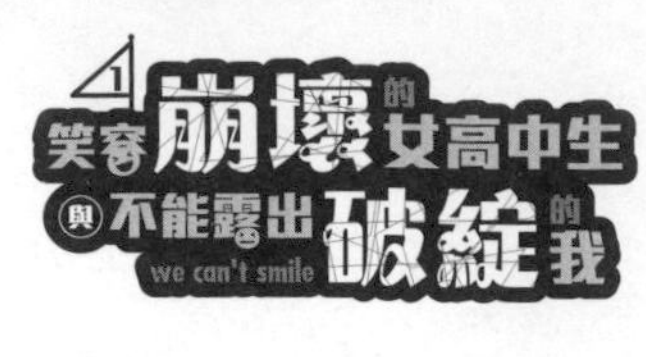

凜凜夜一拍腦袋，露出頓悟讓死者復活的祕密般的狂喜表情。

暖暖陽眼睛瞪到幾乎突起，半個身體也跟著從沙發上探出。

「二藏，接下來我們每一句九九乘法後面，都要帶上『暖暖陽』這三個字，而且這三個字要用正常音量說出。」

「妳到底有多麼惡劣啊……」

「謝謝，這是最好的稱讚。」

凜凜夜坦然承受一點也不像稱讚的稱讚。

接著由她再次起頭。

「八三二十四……**暖暖陽**。」

「四四十六……**暖暖陽**。」

「九三二十七……**暖暖陽**。」

「九九八十一……**暖暖陽**。」

就在四個循環過去後，我感受到身後有人類的氣息傳來。

七花暖暖陽漲紅著臉，露出很不甘心的表情，站在我們兩人身後。

「惡臭海苔，二藏同學……你們在說什麼，告訴人家吧。咳咳，坦白說出來的話，人家也不是不能考慮幫你們一點點忙哦。」

直到此刻，暖暖陽也在拚命維持神之少女的驕傲氣場。

可是，與此針鋒相對，凜凜夜卻露出冷笑。

「走開，離這裡遠一點。我們在談的事情與妳這塊腐爛脂肪、一點關係也沒有。」

「少胡扯了！人家明明一直聽到你們『暖暖陽』、『暖暖陽』地竊竊私語，怎麼可能跟人家沒關係！」。

「很抱歉，但就是沒關係——畢竟妳是不想擔任白老鼠的『局外人』嘛。」

「嗚……!!」

聽到「局外人」這三個字，像是拳擊手忽然遭到重擊那樣，滿臉通紅的暖暖陽，身軀搖晃了一下。

接著，凜凜夜推著暖暖陽的背脊，將她趕回沙發上。

再次返回角落的凜凜夜，毫不留情地繼續九九乘法遊戲。

「二七十四……**暖暖陽**。」

凜凜夜露出目睹超級賽亞人的表情。

「三三得九……**暖暖陽**。」

凜凜夜露出看到酷斯拉的表情。

「四三十二……**暖暖陽**。」

凜凜夜露出發明任意門的科學家的驚喜表情。

「嗚————!!」

暖暖陽終於無法忍耐，她朝教室角落衝刺過來，在用力搖晃雙拳的同時，發出滿臉通紅的大吼。

「告訴人家啦、告訴人家啦、告訴人家啦、告訴人家啦、告訴人家啦、告訴人家啦、人家也想知道啦、人家也想知道啦、人家也想知道啦、人家也想知道啦、人家也想知道啦、人家也想知道啦、人家也想知道啦、人家也想知道啦——」

喊到後來，暖暖陽的眼眶已經帶上淚水。

明明目睹暖暖陽因激動而不斷喘氣的景象，但殘酷如惡魔的凜凜夜卻依舊冷笑。她雙手抱胸，用上吊的雙眼看著天花板。

「哎呀，這不是我們集上天寵愛於一身、腦袋聰明、長相可愛、就連胸部也很大的——神之少女嗎？紆尊降貴來我們這種凡人的聚集地，有何貴幹呀？因為太過卑賤，導致本小姐聽不清楚您的神之音呢。」

「嗚呃嗚～～～～～!!」

被惡魔般的話語擠兌，暖暖陽眼眶內的淚水滾來滾去，臉色比煮熟的龍蝦更紅。

終於，暖暖陽的氣焰慢慢變得低迷，她垂下頭發言。

「……人家願意幫一點忙啦，所以告訴人家，你們到底在說什麼。」

「什麼？神之音太過縹緲虛無了呢——是在說幫一點什麼？本小姐聽不清楚。哈啊……」

凜凜夜打了個哈欠。

「嗚……人家會幫忙啦。」

「……這麼沒誠意的聲音，本小姐聽不清楚。」

「——人家會用心幫忙啦！」

「還是聽不清楚。」

「人家會全力幫忙啦————————！！！！！！」

被逼到退無可退的地步，臉色漲紅的暖暖陽用力一跺腳，像是要撕裂喉嚨那樣，發出震落天花板灰塵的嘶喊聲。

至此，凜凜夜終於滿意地點頭。

「很好，這樣的話——就由妳這神之少女，來擔任實驗的白老鼠吧。」

「……咦？可、可是人家只說了要幫忙哦？」

暖暖陽一呆。

趁著對方處於僵直狀態，但凜凜夜馬上追加言語攻擊。

「妳如果不當白老鼠的話，怎麼能算是『全力幫忙』？」

「……咦咦咦!?」

暖暖陽似乎一時之間腦筋轉不過來，她就只是用傻傻的表情，歪過頭，拚命、努力地思考事情的前因後果。

就像遊戲中的魔王已經快要倒地那樣，凜凜夜可不會給對方恢復的時間。她拉著我的衣角，開始往教室外移動腳步。

「看來這塊腐爛脂肪並不願意協助我們呢——二藏，我們離開教室，另外找個地方『兩個人』一起討論吧。」

凜凜夜的步伐很快，我們只花了短短三秒鐘，就從教室角落邁步到門口。

「嗚呃嗚……嗚嗚嗚嗚嗚嗚…………」

而身後，則不斷傳來暖暖陽可憐的嗚嗚聲。

就在我們拉開教室大門的瞬間，暖暖陽下定決心的大喊聲也跟著響起。

「好啦、人家當白老鼠啦——人家當白老鼠就是了，所以讓人家加入啦，人家也很想知道你們在說什麼啦——!!嗚嗚……嗚嗚嗚……」

暖暖陽的眼淚落下，平常驕傲的神之少女，此刻正拚命發出不甘心的哭喊聲。

而凜凜夜則透過敞開的大門，看向天邊的夕陽。

一邊就著暖暖陽的哭喊聲做為配樂，凜凜夜發出長嘆。

「哎呀……原來即將落下的太陽，能夠引來神之少女的眼淚啊。」

「……」

旁觀一切的我，不禁額頭冒汗。

引來眼淚的，是妳這冷酷無情的惡魔啦！

第八章　七花暖暖陽・不能笑的祕密

隔天放學。

我、十九凜凜夜，兩人坐在沙發上，並肩面對七花暖暖陽。

今天是約定好的，首次「逃獄行動」的開始。

「……腐爛脂肪怪，妳有成為白老鼠的覺悟了吧？由妳第一個逃獄。當然做為補償，我們會盡力協助妳。」

「……」

暖暖陽不答話，她的眉毛垂成了八字形，哭喪著臉一副可憐的模樣。

但是，惡魔是沒有同情心的。

「好，那事不宜遲，快點說出妳『不能笑』的祕密。」

「嗚……」

「為什麼不說話？啊啊……本小姐明白了。妳的祕密是因為胸部總是像乳牛一樣晃來晃去，所以常常被同性嘲笑嗎？真可憐、真可憐吶——」

「才、才不是勒!!妳這貧乳別胡亂決定別人的祕密啦！」

被套上莫須有的罪名，就算暖暖陽原本呈現眼淚汪汪的氣餒模樣，依舊抬起頭死命進行反駁。

凜凜夜則冷淡地「呿」了一聲，將泡好的紅茶沿著桌面，輕輕推到每個人的面前。今天紅茶的濃度完美無缺。

這時，暖暖陽忽然向我伸出手。

啊，大概是讓我幫忙拿紅茶糖包的意思吧。

我沉默地將裝紅茶糖包的小盒子，向暖暖陽送去。

「喂！妳也加太多了吧！」

暖暖陽像是洩憤似的，一口氣加入正常分量五倍的糖粉，然後咕嘟咕嘟地將紅茶喝下一半。

「呼——啊——」

「不要發出那種老頭子喝茶的聲音啦！」

「要你管！二藏同學昨天明明無視那片惡臭海苔欺負人家，所以你也是我的敵人！」

暖暖陽不開心地撇過頭去。

連帶、被記恨了呢。

我只能苦笑。

或許攝取足夠的糖分後，也順道使暖暖陽的勇氣上漲，她的眼神忽然變得堅定。

暖暖陽將書包從腳邊提起，放在自己的腿上——不得不說，從這點上就能推測女孩子的喜好分別，同樣是P高中統一發放的深藍色書包，凜凜夜的書包乾乾淨淨地沒有任何裝飾，而暖暖陽的書包則掛著Q版青蛙公仔，也貼上了當紅女性偶像的專輯照。

緊緊護住自己的書包，就像裡面藏有炸彈那樣，暖暖陽的神色極為鄭重。

「吶吶、你們兩個，在知道人家『不能笑』的祕密之後，不可以笑話人家哦？」

「……知道了。」

大概也明白這裡相當關鍵，不能刺激到暖暖陽，所以凜凜夜的回答也極為乾脆。

「真的真的，不可以嘲笑人家喔？」

「好啦，知道了知道了！」

擔心的事情一再得到保證後，像是游泳跳水前的選手那樣，暖暖陽深呼吸一口氣。

隨著她吸氣的動作，原本就很大的胸部也變得更加雄偉。不知道是不是錯覺，制服胸前的鈕子似乎正在發出不祥的斷裂聲。

然而，就在視線無意中瞄向胸部的一瞬間，左肋骨下方忽然傳來劇痛。

坐在我身旁的凜凜夜，忽然用手肘狠狠撞擊我的側腹，並且用陰沉的目光盯著我看。

「……」

沒有注意到我與凜凜夜的小動作，暖暖陽只是用極為掙扎與猶豫的動作，慢慢解開書包的扣環。

光是這個動作就必須使盡暖暖陽所有的毅力，而她的臉色也慢慢漲紅。

這讓我不禁好奇，書包裡究竟隱藏什麼不得了的東西。

但是在這時候，原本答應「不嘲笑暖暖陽」的凜凜夜，不知為何，忽然變得很不開心。

「哼……真是大驚小怪，反正以這塊腐爛脂肪的智商來推論，書包裡會藏起的東西，肯定就是零分考卷之流的等級。別擔心，拿銅鑼燒賄賂哆啦A夢就可以解決了。」

「人家又不是野比大雄！還有我入學測驗的成績在新生裡排名第五耶!!」

被迫成為白老鼠，原本就感到委屈的暖暖陽眼角含淚地大叫。

「很抱歉，本小姐排名第一。大雄大雄大雄大雄大雄大雄大雄大雄大雄——快把妳的零分考卷拿出來吧。」

「就說不是零分考卷了啦！嗚~~~~~~!!」

凜凜夜不斷模仿哆啦A夢的聲音叫著「大雄」，暖暖陽想哭到牙齒都開始咬住下唇。

「別再刺激她了啦，她都自願當白老鼠了耶！」

我不禁極為同情暖暖陽。

凜凜夜轉頭看向我，露出審視的眼神。接著她忽然咬住大拇指的指甲，表情有點焦躁。

「嘖，果然男生都喜歡楚楚可憐的類型嗎？」

什麼跟什麼啦——!!

「…………——～～!!!」

整張臉因羞意而漲得通紅，暖暖陽露出「豁出去了」的悲壯神色，終於把書包裡的東西一口氣倒在桌上。

「本小姐還以為是什麼大不了的東西呢，果然是零分考——」

凜凜夜原本冷眼旁觀，假裝鎮定地喝著紅茶。

「——噗——這是什麼鬼東西啦!?咳咳……妳為什麼會帶這些東西來學校?咳咳、咳咳咳咳咳……」

但剛吞入喉嚨的紅茶，馬上自凜凜夜的鼻孔與嘴巴一起噴出。

啊……好熟悉的場景。

似乎每當暖暖陽揭曉自身祕密，總是會迫使凜凜夜噴出紅茶呢。

但是，盯著桌上那一堆所謂的「暖暖陽的祕密」，我不禁也雙眼瞪大，感到無比震驚。

肉色。

肉色肉色肉色。

粉色。

粉色粉色粉色。

桌上的神祕物品都是漫畫，而這些漫畫的封面，全部以粉色與肉色為基調，繪出性感又色情的裸體動漫人物。

簡單來說，就是色情漫畫。

而且——這些色情漫畫，很明顯封面上都被打上十八禁的標籤——也就是說，這並非常見的「打擦邊球的一般向作品」，而是確確實實的，繪滿美少女煽情肉體的成人漫畫。

凜凜夜花費整整十秒，才從震驚的狀態回過神來。

她甚至都來不及擦去嘴角的紅茶，就指向堆成小山的色情漫畫，提出第一個疑問。

「為什麼漫畫封面的女主角，清一色都是金髮？」

「嗚～～!!」

暖暖陽用雙手遮住紅透的臉蛋，害羞到幾乎失去思考能力。

凜凜夜又追問。

「——而且這些女主角為什麼都是巨乳？又是金髮又是巨乳，不覺得這些女主角都跟妳長得很像嗎⁉」

「嗚啊嗚～～～～人家沒辦法啦，這又不是人家的錯‼」

暖暖陽以雙手按住桌面，前傾身體大聲回喊的同時，眼角的淚珠也隨之震落。

啊、她真的哭了。

「喂，手下留情啊。」

我忍不住對凜凜夜這麼說。

「哼」的一聲，凜凜夜偏過頭去。

但她再次開口時，語氣畢竟還是溫柔了一點。

「什麼叫『不是妳的錯』，色情漫畫明明是從妳書包拿出來的吧？話說這些漫畫跟妳『不能笑』到底有什麼關係？」

也就溫柔一點而已。

「……因為人家不想被朋友討厭。」

「什麼鬼？」

「——因為人家不想被朋友討厭啦‼」

像是想將內心的羞憤盡數宣洩，第二次說明時，暖暖陽扯開喉嚨死命大喊。

以有點紅腫的雙眼瞪著凜凜夜，暖暖陽用力拍桌。

「像妳這種一看就沒有朋友的發霉海苔怎麼可能理解人家、我的痛苦遠在妳之上!!」

在聽見「痛苦遠在妳之上」這句話的瞬間，凜凜夜的眼神變得極為冷冽。

像是被觸碰到某種不願回思的心事那樣，凜凜夜正不斷散發危險的氣場。

「痛苦遠在本小姐之上？就憑妳？」

無視凜凜夜的反問，暖暖陽繼續大喊出聲。

「發霉海苔，人家跟妳不一樣，我可是很多朋友的喔!!不管想做什麼都有很多熟人響應，不會被輕易拋棄，不會在分組報告時面臨落單的窘境——為了維持得來不易的友誼，所以、所以、所以我——」

面對變得強勢的暖暖陽，凜凜夜卻毫不動搖，只是維持往常冷漠的表情。

她幾乎想也不想地，直接攻擊暖暖陽話中的弱點。

「——所以什麼？妳剛剛也說了，自己不想被討厭，而且妳為此感到痛苦……」

然後，尖銳的言語依舊持續。

「……如果說，在書包裡裝滿色情漫畫就是妳所謂『不想被討厭的方法』，必須以這種違反自身意願方式做為出發點，才能藉此換取、竭盡全力討好他人的手段或能力——那麼——這樣根本算不上是朋友吧。」

最後，是猶如穿心般的一擊。

「……因為說穿了，妳只是拚命想要抓緊這層關係，打算留住名為『朋友』的名義而已。沒有比這更可悲的情感聯繫，甚至連互相利用的共犯——都遠遠不如!!」

「……——!!」

暖暖陽的雙目瞬間瞪大。

面對凜凜夜直白的話語，她無法進行任何辯駁。

之後，暖暖陽原本前傾的身軀開始產生搖晃，她頹然地靠回椅背上，原本就很嬌小的身軀，像是又縮小了一圈。

「那麼，說吧。」

凜凜夜將暖暖陽前面的空杯拿過，又替她倒滿一杯紅茶。

但這次她記住了暖暖陽的喜好，先在紅茶裡加入五包糖粉，才將紅茶推至暖暖陽的面前。

「……這些色情漫畫，跟妳不能笑的祕密……兩者究竟有什麼關聯。」

暖暖陽沒有馬上喝紅茶。

與平常驕傲的外在形象不同，也與被發現內在弱點、又氣又急的傻瓜模樣不同——現在的暖暖陽像是洩了氣的皮球那樣，彷彿是一具被抽去靈魂的空皮囊。

經過許久後，她才用耳語般的低鳴，緩慢將祕密道出。

「……人家從小就長得很可愛，頭腦聰明，加上運動萬能，簡直是神之幼女的典範。」

凜凜夜聽到這臉皮微微抽搐，但她沒有打斷暖暖陽的話，而是選擇沉默。

暖暖陽繼續說下去。

「……所以，應該能夠輕鬆想像到對吧？從小學開始，人家就很多朋友，一直是班級內的中心人物、不管與誰都能自在友好地相處，無論何時都不會成為孤身一人。」

「然後呢？」我發問。

「……然後是中學時期，人家一樣長得很可愛、頭腦聰明、加上運動萬能，而且胸部也開始發育了，簡直是神之少女的典範。」

凜凜夜的臉皮再次抽搐。

就算靈魂飛走了，這頭腐爛脂肪怪的驕傲刻印也已經深入骨髓——我彷彿能夠讀出凜凜夜的心聲。

幸好，暖暖陽很快切入正題。

她用極為低落的語氣發話。

「……但是，這一切在人家中學二年級那年，情況忽然改變了。」

「可能是情竇初開的中學生、開始體驗到戀愛的美好，又或許只是想要追求流行——位於人家的周遭，也就是屬於班級領頭人物的那群女生，不知道為什麼，紛紛擺脫了處女的身分。

「聽起來很奇怪對吧？但在中學以上的女生領頭團體內，如果還是處女的話，是會被狠狠嘲笑的哦？

「一旦被嘲笑的話，就代表會遭到群體拋棄，再也無法融入其中。

「而身為神之少女的人家，始終位於群體中心的人家——當然是第一個被懷疑的對象。

「但是，人家一直都是處女。

「人家很瞭解，如果暴露處女身分的話，就會面臨『搞笑死了～妳居然還是處女嗎？』、『我去、妳這麼遜的嗎？』、『怎麼能跟咱不一樣啊、處女是跟不上時代的哦？』，這些殘酷的脫團言語。

「曾經有一個中心群體的女生，就是在這些言語下被迫遠離，從此變成任何群體都無法接納的人。

「人家不想變成那樣、不想變成那樣、不想變成那樣——因此買了色情漫畫做為參考，對外宣稱自己有男朋友、假裝自己也對做愛經驗豐富——藉此換取、繼續待在中心團體的權力。

「可是，在看了很多很多色情漫畫之後，人家的笑容就忽然改變了——表情變得

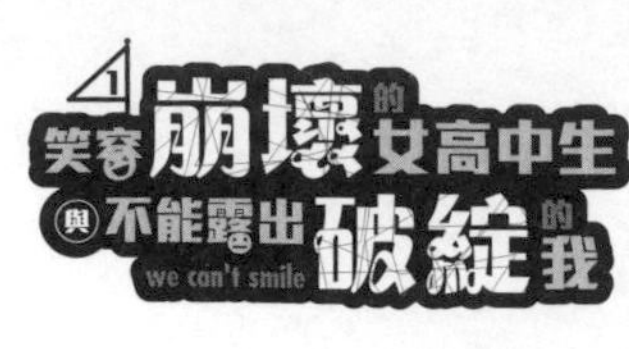

像是漫畫女主角高潮時那樣扭曲——如果不偽裝的話，就沒辦法露出正常的笑容。

說到這裡，暖暖陽的話聲慢慢收斂。

而凜凜夜則是一下一下地用指節敲著桌子，她思考片刻後，替對方做出總結。

「……也就是說，妳這隻多肉脂肪怪，因為參考色情漫畫做為偽裝，在不知不覺中，笑容就變成女主角做愛高潮時的アヘ顏了？」

「……嗯。」

暖暖陽輕輕點頭。

「——妳這隻脂肪怪是笨蛋嗎？簡直跟微生物的愚笨程度不相上下。」

凜凜夜露骨地擺出不屑的表情。

「妳知道『能面』嗎？就是常出現在恐怖戲劇中，臉色慘白、露出詭異笑容的那種面具。時常有傳聞這麼說：『如果戴上擁有強烈怨念的能面，那張能面就再也無法脫下、就此成為新主人的臉』。」

她抬起雙眸，直視坐在對面的暖暖陽的雙眼。

「而妳現在，就跟『戴上能面』的情況一模一樣——因為打算偽裝成性經驗豐富的婊子，妳大概在不斷嘗試將H漫畫的內容刻入記憶中吧——最後，才會導致『不想被討厭』的情緒化為強烈的執念，以アヘ顏的型態演變為『能面』，徹底覆蓋妳原先的笑容。

「換句話說，妳是虛假的。你平常露出的燦爛笑容、跟妳現在露出的アヘ顏——

全部都是虛假的。妳只不過是一塊脫離朋友就無法獨自生存的、心態扭曲的肉塊而已。」

被直白且難聽的話語直擊，七花暖暖陽的臉色再次漲紅。

像是出於本能下意識自保、又像想為自己找到足以開脫的理由——七花暖暖陽於此刻開口還擊。

「什麼心態扭曲、無法獨自生存？妳也說得太過分了吧！」

「不然呢？事實不就是這樣嗎？」

「——惡臭海苔，妳也是處女吧？」

「我是處女沒錯，但這又如何。」

「那妳有什麼資格笑話人家，妳是不會被任何中心團體接受的哦！只能獨自在群體外徘徊，根據中心團體的臉色、參與早就已經被決定好的活動，就這樣悲慘地度過『缺乏自主意識』的高中三年!!」

「悲慘？本小姐可不這麼認為。看來妳果然空有很容易下垂的大胸部，卻一點也不長腦子。」

「才、才沒有下垂啦！人家很注意保養的哦！」

暖暖陽下意識托了托胸部，她似乎沒有意識到這個動作有多麼色情。

而凜凜夜於此時慢慢站起。

從漸漸升高的角度俯視暖暖陽，凜凜夜的眉頭也隨之皺起。

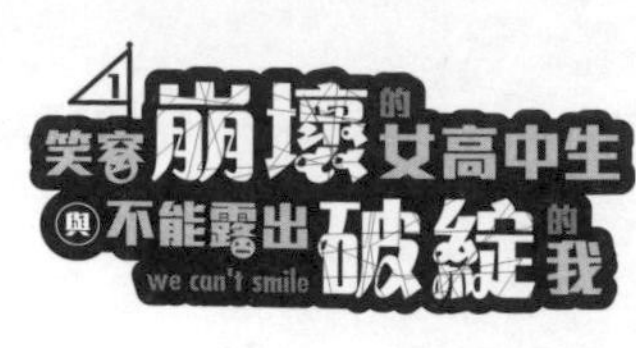

「色情脂肪怪、給本小姐聽好了——真正的群體中心人物——不會隨便附和別人。能夠讓別人以她為中心、圍繞成熱鬧的群體，這樣的人才是有魅力的、真正的，團體內不可或缺的靈魂。」

聽凜凜夜說到這裡，我忽然想起八王子前輩。

是啊，八王子前輩就是這樣。只是露出溫和的笑，從來不刻意拉攏別人……但八王子前輩的身旁，總是圍繞一大群以他為中心的夥伴。

「——也就是說，妳這塊色情脂肪，其實也不是真正受歡迎的中心人物。妳只是不依附大眾潮流，不以假象蒙蔽自我……就無法邁步前進的可憐蟲罷了。」

——將七花暖暖陽引以為傲的一切，逐個打破擊碎。

毫不留情地遵循自認為正確的道路，正是十九凜凜夜的人生哲學。

「……——!!」

慢慢思考著對方的話，暖暖陽的嘴角不停微微抽動。

大概也明白凜凜夜的說法才是真相，慢慢地，她的表情轉為絕望。

最終，暖暖陽落下眼淚。

彷彿連坐在椅子上的力氣都徹底失去，暖暖陽整個人滑落在地上，用散亂的坐姿靠在桌子旁。

與以前大吵大鬧的哭鬧不同，這次暖暖陽的淚水，只是靜靜沿著臉頰流下，既無聲且帶著悲意。

於最後的最後，暖暖陽低垂頭顱，終於徹底將一直以來用來保護自身的、那如同外殼般的驕傲撤去。

「人家不知道該怎麼辦……所以看到招募傳單後，才拚了命地想加入這裡……」

與此同時，她終於說出不是身為「班級群體中心人物」——也不是身為「神之少女」——而是，僅僅做為「不能笑的共犯」一員的，懇求之語。

那是帶著哭腔的，懇求之語。

「因為……人家很想……不依靠偽裝就跟大家打好關係……很想很想……露出真正的笑容……」

七花暖暖陽的淚水不斷滴落地面。她不斷吸著鼻子，出口的每一個字，都帶著哭泣的鼻音。

望著那淚水，聽著社員的訴求，身為社長的十九凜凜夜微微點頭。

於是，她雙掌一拍，並且說出有史以來最符合社長身分的一句話。

「那麼，開始逃獄行動。」

第九章　觀察獄卒計畫

因為天色已晚，逃獄的作戰會議，被推遲到隔天。

第二天，我、十九凜凜夜、七花暖暖陽，都比平常提早半小時抵達社團教室。

「逃獄的方法有兩種。」

凜凜夜今天泡的是綠茶，她先將綠茶放在桌上推給我，又推給暖暖陽，接著繼續話題。

「第一種，就是妳找一個外表符合妳口味的男生合作、藉此擺脫處女身分，」

一向能快速恢復精神的暖暖陽，此時仰起鼻子。

她在張開雙臂的同時聳聳肩，一副趾高氣揚的態度。

「不可能、不可能啦……如果這麼簡單就能辦到的話，人家也不會這麼煩惱了——之前人家也說過很多人在追求我了吧？但神之少女的要求可是很高的哦，就算只看外表挑人，也根本沒有符合條件的男生存在啦。」

「……是這樣嗎？」

「唔噗噗……當然是這樣哦，妳這片發霉海苔簡直像糊塗蛋一樣，連這麼顯而易見的事情也搞不懂呢——」

被昨天還在哭著求大家幫忙的暖暖陽嘲笑，凜凜夜露出很不爽的表情。

能夠快速恢復活力、似乎是暖暖陽的最大優點——但如果往難聽的方向形容，就是不知記取教訓。

然而，由於今天是嚴肅的「首次逃獄作戰會議」，身為社長的凜凜夜，暫且忍耐了對方的愚行。

完全沒有成為「氣氛破壞者」自覺的暖暖陽，比出大拇指指向自己，依舊滿臉驕傲。

「哼哼……身為神之少女的人家，會這麼挑剔也是很正常的啦！你們不用太在意自己像笨蛋一樣的提議。」

「……」

凜凜夜更加不滿，眼神開始帶上殺氣。

但是，對於現狀絲毫不解的暖暖陽，只是轉而將視線投向我。

「就用這粒見死不救的二藏同學來舉個例子好了——這樣的話，發霉海苔妳就會知道要符合人家的外表需求，是多麼困難的事。」

不要隨便把別人的單位量詞改成「粒」，我難道是豆子嗎！在記恨這方面妳倒是記憶力驚人！

接著，暖暖陽對我提問。

「二藏同學，你有超過十公分的傷疤嗎？」暖暖陽才剛問完，馬上略微歪頭，露出回憶的表情：「……對哦，你有。前幾天已經看過了。」

前幾天在暖暖陽自己提起「交男朋友的條件」時，她們兩人就已經看過我的傷疤。也就是說，就算撇除「星月齊墜下救人的勇者」這個根本不可能的條件，暖暖陽只論外表挑人的話，也必須要有傷疤就是了。

盯～～

暖暖陽先是盯著我傷疤的位置看了兩秒鐘，當然她只能看見覆蓋其上的制服。

「不過，就算有傷疤也沒什麼，畢竟人家接下來的兩個外表條件，根本不可能被實現嘛——」

「……有。」

「那二藏同學，你有胸肌嗎？」

先是露出不以為意的表情……然後，暖暖陽再次提問。

「腹肌也有嗎？」

「……有。」

「誒……這樣啊。有長長的傷疤，胸肌跟腹肌也鍛鍊得很好的高中男生，真的很

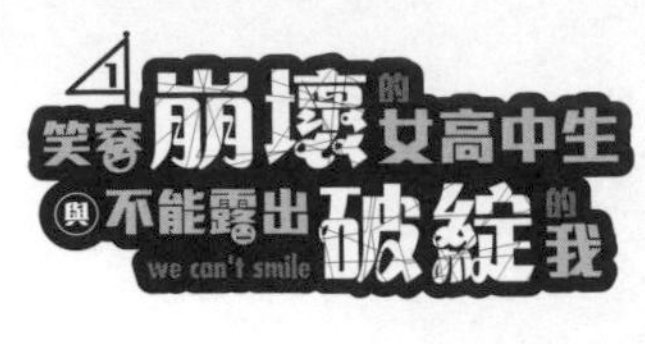

少見呢。」

暖暖陽忽然臉色微紅，垂下視線，不知道在考慮些什麼。

因為長期接觸劍道的關係，所以我全身的肌肉都鍛鍊得很結實。

「……」

沉默片刻後，暖暖陽將金髮輕輕撥到耳後，用有點游移的目光偷偷看向我。

「既、既然是這樣的話——」

「Stop——!!」

凜凜夜先是以巨大的音量打斷話題。

接著，凜凜夜跳起身，像是要斬斷連起的視線那樣，用手刀朝我與暖暖陽中間的空氣狠狠砍下。

剛才就算被人嘲笑也強行忍耐的凜凜夜——這時候，卻露出五官幾乎皺成一團的不悅表情。

「這個方法不可靠，換一個。」

「——咦!?」

無視暖暖陽的驚訝，凜凜夜自顧自地推展話題。

「忘記剛剛那個不可靠的方法吧，直接採用第二種方案逃獄，事情就這麼決定了。」

「——咦咦!?」

就這樣，在其他人疑惑的目光中……

身為社長、話柄權最大的凜凜夜，就像不聽勸諫的國王那樣，強行通過了自己的意見。

只是，凜凜夜即使是不聽勸諫的國王，面對尷尬的局面，依舊會感到難堪。

也因為那難堪，凜凜夜紅著臉乾咳了幾聲。

「咳咳咳……那麼，來談談第二個逃獄方案吧。」

「……哦，那第二個方案是？」

由於凜凜夜剛剛出爾反爾的行徑，暖暖陽看向對方的眼神，這次帶上些許懷疑。

「嗯，關於第二個方案……」

為了不再犯下錯誤，凜凜夜謹慎地選擇遣詞用字。

「……簡單來說，就是『觀察獄卒』。」

「「觀察獄卒？」」

我與暖暖陽異口同聲地重複這個陌生詞彙。這到底是什麼意思？

凜凜夜緊接著開口解釋。

「——就像一般遊戲或漫畫常見的設定那樣，看守監獄的獄卒，身上多半帶著『堅牢鑰匙』對吧？只要犯人獲得鑰匙就可以逃生，這是最基本的求生思路。

「再將這個思路延伸下去——觀察獄卒的動向，伺機謀取鑰匙，就是犯人越獄的

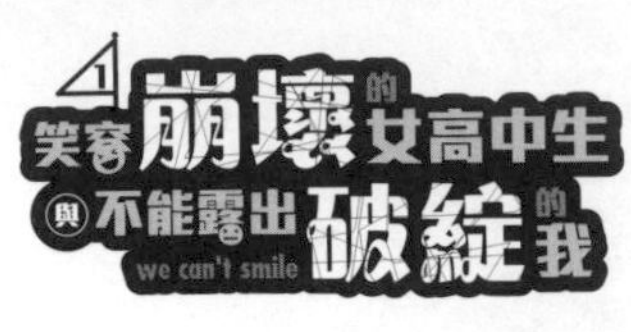

首選課題。」

聽到這裡，我能夠明白一半的意思。

很明顯，「不能笑」的病症就是困住暖暖陽的監獄，但那些帶著鑰匙的「獄卒」會是誰呢？是誰在看守暖暖陽，使其不能逃脫監獄？

「……」

我朝暖暖陽看去。

像是瞭解到什麼一樣，她的臉上已經失去血色。

雖然有時候像小孩子一樣任性，但身為事主，或者說身為不斷掙扎搖晃鐵條的囚犯——暖暖陽的思緒，顯然比我更早觸及問題核心。

「妳能懂本小姐的意思吧？色情脂肪怪。」

凜凜夜語氣平淡地提出詢問。

而緘默片刻後，暖暖陽輕輕點頭。

「……嗯。『不能笑』的病是困住人家的監獄，而那些『帶著鑰匙的獄卒』則是……」

像是必須再次積攢勇氣才能接續話語，暖暖陽說到這裡頓了一頓。

「……是我那些，會嘲笑別人是處女的……朋友們。」

要將自己的朋友形容為獄卒，暖暖陽的語聲因不願意而變得斷斷續續。在說到「朋友們」這三個字時，更是格外掙扎。

可是，真相確實如此。

原本十分正常的暖暖陽，是因為不想被朋友討厭，不斷接觸那些色情漫畫，笑容才漸漸變得扭曲。

也就是說，暖暖陽的那些朋友——實際上就是打造出難以脫逃的監獄、並將鑰匙牢牢握在手中的獄卒。

哪怕她們本人不知情。

哪怕……這些獄卒對於正在迫害囚犯這件事，或許並沒有自覺。

但這些朋友，卻以那名為友情的聯繫，將暖暖陽網入其中變得無法自拔。

這就是事實。

殘酷且無法被否決的事實。

「……」

這時，凜凜夜提出下一步的計畫。

「……所以了，色情脂肪怪。妳把那些獄卒……不，妳把那些朋友約到外面碰面吧——挑個咖啡廳或是家庭餐廳之類的公開場合，由我跟二藏埋伏在一旁，觀察妳們的相處情形，藉此判斷問題出在哪裡。」

簡單明瞭的方法——在旁觀察，只要察覺問題的癥結點，然後獲得「獄卒的鑰匙」，最後——

——最後，代號為七花暖暖陽的囚犯，就能藉此逃獄。

「嗚……但是……」

然而，就算比誰都更瞭解現狀，暖暖陽依舊缺乏當機立斷的魄力。重視朋友的她，很難背著朋友做出這種約定。

所以暖暖陽猶豫了，只是維持蒼白的臉色，內心不斷陷入掙扎。

「哼……」

敏銳地察覺現狀，凜凜夜認真地望向暖暖陽。

「……逃獄吧，七花暖暖陽。」

凜凜夜首次沒有稱呼暖暖陽為「色情脂肪怪」，而是呼喚她的代號全名。

「先前也說過了，妳是我們三個之中，最有可能逃獄的犯人。」凜凜夜始終直視對方的雙眼，然後接續話語：「就算只為了妳自己，也不要產生動搖——因為，如果妳越獄成功的話，那囚犯就不再是囚犯，獄卒也將不再是獄卒——妳們將成為不以情感束縛彼此的，真正的朋友。」

「真正的朋友……嗎？」

暖暖陽如此低聲自語，重複著凜凜夜的話。

再次沉默過後，暖暖陽的表情終於轉為堅決。

「……明白了。」

於是，暖暖陽與我們約定好首次的行動時間。

「週日下午一點，我會把她們約到學校附近的家庭餐廳聚會……到時候，你們也跟著過來吧。」

週末啊……那就是幾天後的事。剛好打工的地方也放假。

確認當天三人都有空後，「觀察獄卒計畫」就此敲定。

第十章　觀察獄卒計畫．正式展開！

週日。

今天不用上課也不用打工，是難得的好日子，所以我抓緊時間練習劍技。

如果不時常練習的話，劍技是會生疏的。

所以，在清晨五點我就早早起身，在家門口不斷揮著竹劍。

「那麼，先照例做一萬次的揮劍練習吧。」

先是練劍，最後是全身的肌肉訓練，以及放鬆筋骨的瑜伽，這是整套的訓練流程。

流程十分費時，整套環節完畢之後，太陽已經高懸半空，時間也來到十一點整。

「啊、糟糕，再不準備的話會遲到的！」

沉浸於練習中根本沒有意識到時間流逝，我趕緊跑去浴室盥洗，接著在桌上留下足夠的飯錢給還在睡覺的妹妹，最後是整裝出門。

今天已經約好了，要開始第一次的「觀察獄卒計畫」。

因為沒有錢坐公車或地鐵，所以我只能走去集合地點——出雲公園。

當我抵達出雲公園時，在公園最出名的地標「出雲鐘塔」的最下方，十九凜凜夜、七花暖暖陽已經等在那裡。

凜凜夜穿著無袖的荷葉邊上衣以及緊身窄管褲。

而暖暖陽則穿著細肩帶針織背心搭配黑色短裙，兩個人的打扮都很可愛。

明明現在才十一點五十五分，按理說我並沒有遲到，她們兩人卻都露出不耐煩的表情。

「居然讓女孩子等你，二藏實在太差勁了。如果是情侶約會的話，你的印象分數會直接降到負兩千分。」

凜凜夜的第一句話就是批評。

負兩千分嗎？我只能苦笑。

而暖暖陽則挑剔起衣著。

「所以說，為什麼是學校制服？」

「因為我沒有錢買便服。」

我從來不刻意隱瞞自己很窮。因為父母雙亡，加上必須長期支付某種「撫養費」，導致我的經濟面一直極為拮据。

能夠穿著乾淨整齊的衣服就已經很棒，所以就算是制服也無所謂。

「誒？嗯……是這樣啊。」

相比暖暖陽的尷尬收聲，凜凜夜則在沉默片刻之後，緩緩開口。

「……要本小姐買給你嗎？公園旁邊就有賣衣服的店。」

「不用了。」

我立刻搖頭拒絕。

越是接受別人的幫助，自己就會變得越弱小。

因為，當需要別人伸手才能從困境中爬出時——那也就代表著，那困境超乎你本身的應付能力。

我不想留下如此狼狽、如此明顯的人生破綻。

所以，我回絕了凜凜夜的提議。

但凜凜夜不知為何，在這方面異樣地執著。

她打開自己小臂上掛著的、一看就很名貴的包包，接著掏出同樣看起來很貴的皮夾。

接著，凜凜夜將皮夾打開。

「我的父親是某家大醫院的院長。對本小姐來說，這只是微不足道的小錢而已，你不用因此介意。」

一邊這麼說，凜凜夜向我們展示皮夾裡滿滿的大鈔，那裡面至少有二十萬元。

但我依舊搖頭。

「……我不能隨便接受別人的好意，否則人生上的破綻，只會越來越多。」

「明白了。」

這次凜凜夜沒有再堅持，將皮夾收回了包包內。

這時，暖暖陽抬頭看向鐘塔。

「人家與朋友約好的時間快到了，你們打算在暗處躲起來觀察對吧？總之，先去家庭餐廳探勘場地吧。」

我與凜凜夜都沒有意見。

接著，大家徒步往家庭餐廳移動。

離開出雲公園後，我們在人行道與店家騎樓之間穿梭移動，最後走到一條比較熱鬧的街道。

因為是依附著名景點「出雲公園」而生，所以這處商圈被命名為出雲商圈。

出雲商圈四處都是賣衣服的店鋪，以及義大利麵店、速食店之類談話氣氛較佳的餐廳，所以也深受在地學生歡迎，在假日幾乎有一半遊客以上都是學生。

我是第一次來這個商圈。不過，想必約定好的家庭餐廳，就在這個商圈的某處吧。

就在我好奇地四處張望時，忽然前方傳來某人的呼痛聲。

「痛痛痛、好痛哦……」

暖暖陽雙手按著臉跌坐在地。因為撞到某種物體，她的整張臉都紅了。她跌坐地點的上方，有某片突出至人行道上方的招牌。那招牌的高度，正好在暖暖陽臉蛋的位置。

「是臉撞上招牌了吧……」

就在我如此心想的同時，走在暖暖陽身旁的凜凜夜，露出勉為其難的表情伸手將她拉起。

「色情脂肪怪，別擔心，妳的臉沒有受傷。」

「真的嗎？」

暖暖陽的手從剛剛就一直在臉上摸來摸去，她似乎很珍視自己的臉蛋。

凜凜夜也發現了這點，她立刻利用這點加以攻擊。

「按理來說，妳的臉上也有厚厚的脂肪做為緩衝，怎麼可能會受傷呢。」

「人、人家的臉上才沒有厚脂肪呢！可惡的發霉海苔，人家已經撞得那麼痛了，妳很沒有同情心耶！」

「本小姐對笨蛋是不會給予同情心的——不如說那塊招牌，正是為了區別正常人與笨蛋設下的『真理之牌』，因為正常人都不會撞上那麼明顯的陷阱吧。」

「妳、妳說什麼——」

在人潮漸多的商圈內，兩名少女就這樣一邊吵架一邊往前走。

因為不想參與她們的爭執，所以我只是默默跟在後方。

在前進的路途中，我也看到許多熟悉的臉孔。

有一個走在我附近的刺蝟頭少年，印象中是隔壁班的學生，他露出煩躁的表情抓亂頭髮。

「啊、啊——我最新款的 Switch 帶去學校時被沒收了，真是煩死人了！」

Switch 就是那種可以捧在手掌上玩的遊樂器吧。

雖然他這麼抱怨，可是身旁的夥伴們不但沒有安慰他，反而一起發出大笑。

「真是大笨蛋耶！早就已經告訴過你『鬼』的恐怖了吧？是我們的話，就不會在這時候把違禁品帶到學校啦！」

刺蝟頭少年的表情更加不爽。

「那個『鬼』還有個怪癖，在嚷著公平對決的同時，把竹劍扔給我，最後在我頭上狠狠敲了個腫包——超級痛的耶，到現在都還沒消腫！」

他的夥伴們又是一陣大笑。

這時候逛街的人潮，迎來一陣交叉亂流，我與那些學生被人群分隔，再也聽不見他們說話。

為了避免走散，我緊跟著前方帶路的暖暖陽。

又經過大約五分鐘的路程後，終於到了目的地。

「綠意屋」，這是家庭餐廳的店名，招牌以葉子的形狀聳立在二樓左右的高度。

「……看起來好像很貴的樣子。」

這是我對這間家庭餐廳的第一個感想。

這間家庭餐廳占地面積大約是一般店家的兩倍，裡面的裝潢也是氣派非凡，各處都可見壁畫或不知名的異國盆栽。

我與凜凜夜找到空桌坐下，而暖暖陽則是在斜對角不遠處獨自占據一桌，等待她的朋友們到來。

走道中間恰好有一個大盆栽做為掩護，不僅可以透過枝葉間的縫隙窺見暖暖陽那桌的情況，就連談話聲音也能聽得很清楚。

在我們落座不久後，服務生上來幫我們點餐。

他首先詢問凜凜夜。

「女士您好，請問可以幫您點餐了嗎？」

「來一份最貴最推薦的套餐，還有一杯咖啡豆質地最好的冰咖啡。」

凜凜夜想也不想，立刻回答。

替凜凜夜點餐完畢後，服務生轉頭向我看來。

「那先生您呢？」

「一碗白飯。」

服務生臉色僵了一瞬間，接著再次恢復職業笑容，躬身之後離開。

凜凜夜看著我，猶豫片刻。

或許像買衣服那樣，凜凜夜也想替我點一些食物，可是馬上猜到我會拒絕吧。

可是，白飯其實才是最棒的。

白飯既能填飽肚子，又能免費暢飲店家提供的冰開水，無疑是ＣＰ值最佳的餐點。且從策略上來分析，消費多寡都是享受同樣的用餐環境，那當然花錢越少的人越是贏家。

不過，先撇除餐點不談。從剛剛開始，我就一直很在意某件事。

剛剛那群隔壁班的男生，口中的「鬼」是什麼？擁有「人生觀察家」技能的我，居然從未聽說這項情報，這可是重大敗筆。

我決定向凜凜夜打聽情報。

「那個，凜凜夜。」

「嗯？」

凜凜夜原本低頭看著手機螢幕，這時終於抬起頭來。

「我們學校有『鬼』嗎？」

「哦，有啊。」

我其實已經建立足夠的心理預期——凜凜夜可能會皺著眉頭說出「你果然只有鍬形蟲程度的智商嗎？」這種傷人的話，但凜凜夜卻直接點頭承認了。

也就是說，「鬼」已經出名到連凜凜夜這種孤僻的傢伙、都有所耳聞的地步了？

我尚未再次詢問，凜凜夜就順勢解釋下去。

「是指『鬼之風紀委員長』吧？據說她只是高一新生，而且乍看之下是個柔弱的

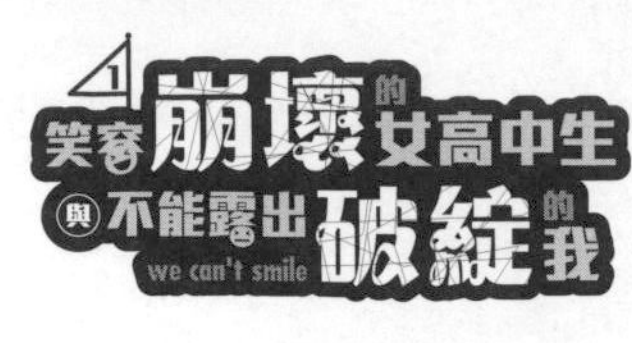

女孩子。但是在開學的頭幾天，她就將前任風紀委員長從位置上踢下——並在坐上那位置後，以前所未見的嚴格作風管理校園——因此才被違規的學生稱為『鬼』。」

「……前所未見的嚴格作風？什麼意思？」

「據說，被風紀委員長發現違反校規的話，她就會從背上幾乎比人還要高的黑色劍道包裡，拿出一把竹劍扔給違規者，強迫對方與自己進行劍道對決——並用鎮定到可怕的語氣說出『你那不知廉恥的妄舉，就由我不知火來斬斷——!!』這種話哦。」

「居然嗎？」

強迫違規者與自己進行劍道對決，真是個危險人物，必須在情報筆記裡將這個人也寫上才行。

為了完善情報筆記，我詢問凜凜夜某個重要的問題。

「那個風紀委員長的名字是？」

「不知火。」

「這是姓氏吧？沒有後面的名字嗎？」

「應該吧，本小姐也不太清楚。」

原來如此，情報還是有些模糊。

不過，瞭解到這種程度也足夠了。

鬼之風紀委員長——不知火。

總是背著黑色大劍道包，會強迫違規者與自己對決，而且劍道實力應該不弱。

對於這個危險人物，我在心中勾勒出模糊的印象。

又經過二十分鐘後，大約下午一點整，暖暖陽的朋友們終於來了。

她的朋友總共有三位，全都是重視打扮的可愛女生。

這三人曾經都是暖暖陽中學時的同班同學，而在進入P高中就讀後，又恰好與暖暖陽分到同一班。

「啊，優花！久等了——！」

三人中走在最前方，有個手掌縮在袖子裡、像是小動物一樣的嬌小女生，她朝氣十足地朝暖暖陽用力揮手。

接著，她露出笑臉快步上前，並伸出雙手手掌，與暖暖陽十指交握。

「優花，喵嗚～～喵。」

「泉美，喵嗚～～喵。」

在做出奇怪舉動的同時，暖暖陽與名叫泉美的女孩，都露出燦爛的笑容。

是在打招呼嗎？

啊、好耀眼。她們的笑容跟動作都太耀眼了，這就是兩個現充聚在一起的刺眼

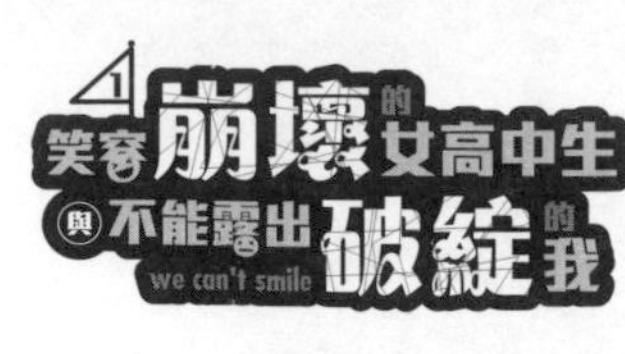

光芒嗎？我不禁瞇起雙眼。

「時下的女高中生，果然墮落了啊……」

這時，對面傳來凜凜夜的悲嘆聲。

我向凜凜夜看去，她也瞇起了眼睛……果然我們是同類啊。

剩下的兩個女孩子，一個是臉上有點嬰兒肥但還是很可愛的女生，另一個是畫著煙燻妝的黑辣妹。

凜凜夜觀察片刻後，身體前靠，對我說著悄悄話。

「二藏，這三個婊子很明顯就是獄卒了。」

「呃、嗯……」

雖然這本來就是名為「觀察獄卒計畫」的作戰，但看到真人後，實在很難將這三個可愛女生與「獄卒」這種陰森森的形象連結起來。

但凜凜夜顯然不這麼想，她忠實地繼續執行作戰。

「那麼，為了方便區分這三個獄卒，那個臉有點嬰兒肥的代號就叫做『糰子』，畫著煙燻妝的叫做『煙燻鮭魚』……至於手縮在袖子裡的，叫做『小動物』。」

「呃……」

我再次無言以對，這位凜凜夜大小姐還真是喜歡替人取外號啊。

「哼……糰子、煙燻鮭魚、小動物……再加上色情脂肪怪，簡直就是亂七八糟的怪物組合。」

我努力無視凜凜夜的吐槽。

這時候，被悲情地取名為糰子的女生也走上前，與暖暖陽進行那套「喵嗚～～喵」的奇怪打招呼。

而煙燻鮭魚則帶著不太自然的微笑，只是自顧自地入座，她也是唯一沒有與暖暖陽打招呼的女生。

煙燻鮭魚坐下後，先是雙腿交叉，接著指向暖暖陽面前的飲料空杯。

「優花，妳這麼早到啊？就連飲料都已經喝完了，我們可沒有要妳這麼早來等哦？」煙燻鮭魚不等暖暖陽答話，就佯裝出忽然想到什麼的模樣，掩住嘴巴小聲驚呼：「啊呀、討厭……還是說，是因為太久沒有一起出來玩，就連那個自認是女神的優花大人也變得緊張起來了？應該不會吧，是那樣的話也太遜了吧～～～」

「啊哈哈，怎麼可能呢。人家才不會因為這點事情緊張呢。」

暖暖陽雙眼笑得瞇起，顯然早已習慣應付這樣的場面。

話說回來，她們從剛剛就一直在喊的「優花」，應該是暖暖陽的本名吧。

觀察她們四人的座位分布的話，暖暖陽與小動物坐在同一邊，而煙燻鮭魚與糰子坐在同一邊，再依據剛剛打招呼時的熱情程度來推測，小動物應該與暖暖陽的交情最好。

而始終眼睛緊盯暖暖陽的煙燻鮭魚，則是再度開口——

「優花，妳的男朋友呢？應該可以帶來讓我們見識一下了吧？畢竟以前讀中學

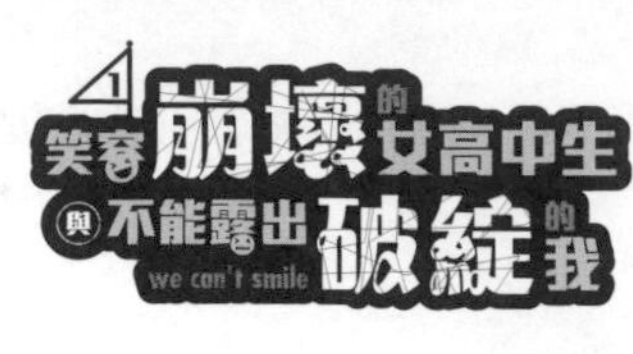

時、不斷拿下美少女人氣投票第一名的『優花大人』，總不可能沒有男朋友吧。不然簡直會讓人笑到死掉哦？畢竟超級搞笑到讓人覺得完蛋的地步嘛～～」

——才剛見面就不斷提出質問的煙燻鮭魚，顯然是與暖暖陽交情最差的一位。

面對煙燻鮭魚的問題攻擊，這次暖暖陽的笑容變得不自然起來。

因為暖暖陽其實沒有男朋友，同時還是處女，這是她身為現充、身為團體中心人物最大的弱點。

「這、這個嘛，遲早會帶來給妳們見識的啦。人家的男朋友可是很忙的哦，畢竟他厲害到讓人嚇一跳的程度嘛。」

暖暖陽在說話的同時，視線稍微有點飄開。看來她果然不擅長說謊。

而煙燻鮭魚像是嗅到血腥味的鯊魚那樣，準確地把握這點，張開利齒進行追擊。

「這樣的話，總可以讓我們看那個『男朋友』的照片吧？」

在提及「男朋友」這三個字時，煙燻鮭魚刻意加重了音調。

「所以了優花，把妳的手機拿出來讓我們看看吧——裡面應該要有那個『男朋友』的照片，沒錯吧？」

說話時，煙燻鮭魚緊緊盯著暖暖陽的眼睛。

如果暖暖陽說沒有照片的話，就會顯得很不自然……過去不斷築起的謊言高臺，也會就此倒塌吧。

可是男朋友的照片，這種東西當然是不存在的。

這樣說來，暖暖陽豈不是處於很糟糕的局面嗎？

我原本以為暖暖陽會就此露出馬腳，但她的應變能力卻遠超我的預料。

「咦——可是人家會不好意思啦。」

用手指輕輕捲著瀏海，暖暖陽喬裝出有點害羞的表情。

「畢竟人家的男朋友很忙嘛，每次與人家碰面時總是急著做那件事，所以人家的手機裡，只有與男朋友拍過那種色色的照片啦。」

「嗚哇——優花好厲害!!」

聽見暖暖陽的謊言，小動物吃驚地用袖子遮住下半張臉。

而臉稍微有點嬰兒肥的糰子也被引起興趣，忍不住插口詢問。

「妳們的次數那麼頻繁嗎？」

暖暖陽的眼睛微微飄開，但還是雙手抱胸，努力裝出優越的模樣。

「那、那當然了，每次見面後，人家總是會直不起腰呢。」

「嗚哇——優花超級厲害!!」

小動物再次驚呼，她看向暖暖陽的眼神已經轉為欽佩。

話說這有什麼好佩服的啦！

「哼……」

話題忽然被導往不合己意的方向，煙燻鮭魚露出不悅的神情。

——這時候如果煙燻鮭魚再提出看照片的要求，雖然也不是不行，但暖暖陽既

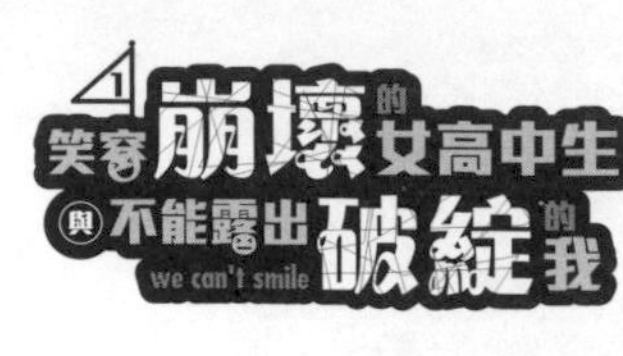

然已經度過最大的難關，就肯定能想出辦法蒙混過去吧。

煙燻鮭魚大概是這麼想的，所以沒有在要求看照片方面多費脣舌。

「……」

看到這裡，我已經明白了這群現充的「生態」。

如果將學校的階層關係比喻為大自然的食物鏈……那麼這群現充，就是草原上強勁的獅群。

然而，就算是近乎處於動物界頂端的獅群，內部也有地位高低之分。

想獲取更高地位、想成為能夠引領獅子群體的王——為了這種理由，動物界總會有年輕獅子挑戰獅王的情況發生。

換個角度思考，這群現充之間的關係，也是如此。

如果仔細觀察的話，暖暖陽與其他三個女生最大的差異在於——暖暖陽那壓倒性的美貌。

與其他三人盛裝出席、精心打扮不同，暖暖陽就只是簡單地穿上剪裁合身的衣服，並沒有配戴太多飾物或者化妝，但哪怕如此，她依舊是眾人中最顯眼的那一位。

因為出色的才貌，所以暖暖陽在群體成立時，身為焦點的她，就自然而然地成為了「獅王」。

也就是中心團體的領袖。

但是，在中心團體中，顯然有年輕獅子……或者說，有人對此心存不滿。

也就是說，煙燻鮭魚的所作所為，全都是為了降低暖暖陽的王者地位，藉此取代她原先的高度，就此成為新一代的領導者。

所以，煙燻鮭魚才會如此敵視凜凜陽，不斷與其較勁。

即使是現在，她也沒有放棄這樣的挑戰心理——

「優花，妳跟男朋友常常在做對吧？那麼，妳男朋友的下面，大概有多大呢？」

「……誒？」

單從色情漫畫上獲取那方面知識的暖暖陽，思路漸漸被逼入死胡同。

「誒……那個，大概這麼大吧……？」

暖暖陽的雙手同時張開，劃出大概一公尺半的範圍。

喂！下面有一公尺半長的男性到底是什麼樣的怪物啦！難道妳那虛構出來的男朋友，是十五公尺高的巨人嗎！

果然如同我的心聲，煙燻鮭魚也認為暖暖陽在開玩笑。

「嗯？優花的男朋友的下面、有一公尺半那麼長嗎？那不是會嚇死人嗎？真搞笑～～～～認真一點ＯＫ？」

「啊哈哈……哈哈……沒錯，人家剛剛只是在開玩笑啦。」

雖然這次勉強蒙混過去，只是暖暖陽的額際卻流下一滴冷汗。

「那麼，優花……答案到底是多少呢？」

緊盯著暖暖陽觀察的煙燻鮭魚，顯然不想再讓暖暖陽逃出狩獵範圍，於是死咬

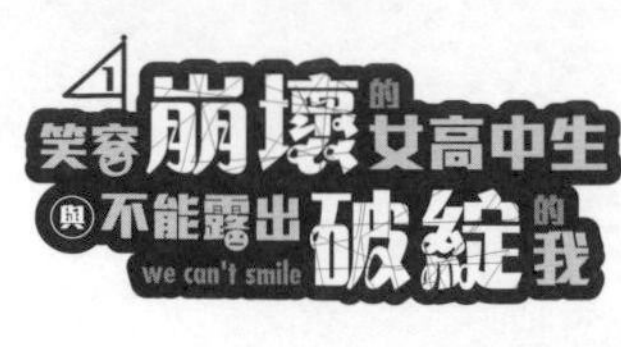

著對方的尾巴不放。

但是——就在這時候，暖暖陽向我們的方向瞄來，並且連續快速眨眼三次。

凜凜夜也看到了這一幕，趕緊低聲提醒我。

「喂、二藏，色情脂肪怪那傢伙打出求助信號了！」

因為我們是幫助暖暖陽逃獄的「共犯」，所以早就約定好，在必要的時候會用暗號對暖暖陽施以援手。

從現在的情況看來，就像考試中想要作弊那樣——僅從色情漫畫上汲取錯誤知識的暖暖陽，迫切需要一個聽起來比較實際、且合乎場面的答案。

凜凜夜也明白這點，於是她開口詢問。

「二藏，比較合理的答案是多少？」

「……十四公分？」

「這樣啊、那就由本小姐打暗號給她吧。」

在幫忙逃獄這件事上非常熱心的凜凜夜，主動承擔起責任，先用手指出了一個「一」，再來又比出了一個「四」。

「……——!!」

那暗號沒有丟失，十分順利地，暖暖陽以目光接收了凜凜夜的暗號。

接下來，面對自己的朋友們，暖暖陽馬上露出笑容。

那笑容非常自信，就像成績優秀的學霸在面臨大考放榜時那樣，態度充滿冷靜與肯定。

「啊哈哈，人家剛才只是開玩笑的啦。」

「是嗎？那優花，實際上的數字，到底是多少？」

面對煙燻鮭魚的逼問，暖暖陽交叉雙腿，露出胸有成竹的表情。

「——實際上，是十四公尺。」

「噗——」

小動物、糰子同時噴出了口中的咖啡。

「不、不愧是優花，在這種情況下也能開玩笑呢——」

小動物拚命抽著衛生紙擦去嘴角的咖啡，一邊這麼笑著。

暖暖陽再次朝我們投來視線。

你們居然背叛了我——

看到朋友們的驚訝臉色，顯然誤認自己遭到共犯出賣——七花暖暖陽朝我們這裡投來又羞又怒的眼神。

「哼，這塊色情脂肪一點也不知道感激，而且還是個徹頭徹尾的大笨蛋，跟她的朋友們完全可以組成笨蛋相聲組。」

而凜凜夜露出不屑的表情，將那四人都劃入小嘍囉的範圍。

隨著男朋友的話題終於被蒙混過去，暖暖陽那一桌開始漫無目的地閒談。

後來也能漸漸發現，其實糰子也有成為「領導者」的意思，總是有意無意地在

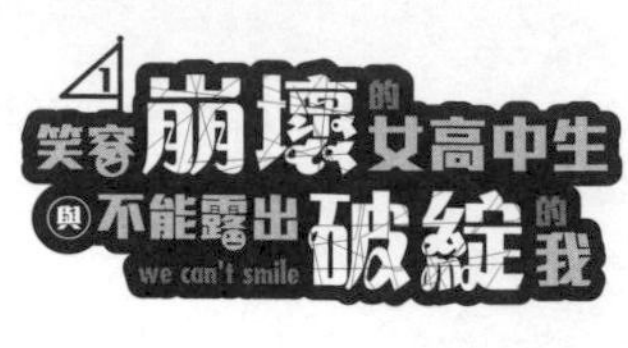

針對暖暖陽。只是她沒有煙燻鮭魚那麼明顯，大半時間都選擇默默與煙燻鮭魚聯手。

可以說，在那桌裡，唯一對於暖暖陽沒有任何心機的，只有看起來像小動物的那位女孩而已。

不斷在試探與帶著惡意的言語中周旋，暖暖陽似乎漸漸感到疲憊。

過去一個小時後，暖暖陽的話聲慢慢不像起初那麼開朗了，但她總是撐著那張偽裝出來的、如同「能面」般無法脫下的燦爛笑臉，一刻不曾鬆懈。

「……」

在旁觀察的我，不禁陷入沉默。

……原來如此。

也因此，暖暖陽才會來到我們的社團，成為其中一名、想要逃獄的共犯。

哪怕這些「朋友」之中，有幾位對她充滿敵意，暖暖陽依舊沒有提出怨言。

妳就那麼害怕孤單嗎？

妳就那麼害怕……成為獨自一人嗎？

正是因為仰賴群體，所以必須依靠他人而存在……暖暖陽，此刻因喬裝笑容感到疲憊的妳，才會顯得如此弱小。

否則——理應笑得比任何人都更加燦爛——身為現充中的現充的妳，不該獨自來到位於偏僻角落的社團教室，不惜暴露自身的所有弱點，也想露出真正的笑容。

「那麼……優花，下次再見了。」

「喵嗚～～喵。」

時間緩慢流逝，在經過兩小時後，暖暖陽那一桌結束了聚會，用奇怪的儀式道別後，其他三人相繼離開。

而暖暖陽則疲憊地站起，終於卸下笑容的她，有點搖搖晃晃地向我們這邊走來。

「怎麼樣？找到鑰匙了嗎？」

一屁股坐在凜凜夜旁邊的位置上，暖暖陽用手掌蓋住臉，不想讓別人窺見她的疲態。

而我以及凜凜夜，則是互相對視一眼。

在討論過後，我們兩個人早已得出一致的結論。

由口才伶俐的凜凜夜負責做出總結。

「……我說，色情脂肪怪。」

「嗯？」

「我跟二藏已經商量出結果，妳要聽嗎？本小姐醜話說在前頭，這結論可不怎麼好聽。」

「嗯，妳說吧。」

於是，以平淡的語氣，凜凜夜道出結論。

「雖然本小姐沒有朋友，可是就算是我也知道，朋友之間絕對不是那樣子的。妳們之間相處的情形很奇怪、絕對很奇怪——」

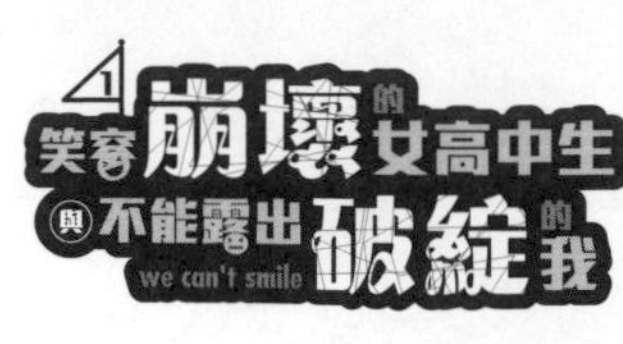

「……是嗎？」

暖暖陽依舊以手掌覆蓋臉蛋，藏起自己的表情。

從她的話聲中，我聽不出喜怒，但那異乎尋常的安靜感，讓我感到有點不安。

但話已經說到這裡，凜凜夜也並不在乎對方怎麼想，只是繼續道出結論。

「所以，放棄吧。放棄糰子跟煙燻鮭魚吧，她們不配成為妳的朋友。」

「……」

暖暖陽的手掌，緩緩自臉蛋滑落。

並且，她露出了我與凜凜夜從所未見的沮喪神情。

「……不要。」

用快要哭出來的沮喪神情，暖暖陽輕聲開口。

「我不要放棄好不容易得來的朋友，絕對不要。」

接著，暖暖陽無力地趴倒在桌上，將頭埋進雙臂之間。

「因為——人家不想再碰見那種事了。」

悶悶的話聲自暖暖陽的臂彎中傳出。那話聲帶著些許陷入回憶的朦朧感，或許所謂的「那件事」，與暖暖陽過去的經歷有關。

而那經歷，毫無疑問……是我們所不知曉的，某件形成「監獄」的祕密。

「……」

我與凜凜夜對視一眼。

或許，想要幫助暖暖陽得到逃離監獄的「鑰匙」，比想像中困難許多。

事後。

在家庭餐廳又經過一小時的休息，暖暖陽終於再次打起精神。

「嘿哈哈，二藏同學真是搞笑呢。居然做出這種處男般的發言——」

就算打起精神也別笑我啊！

不過，居然能用這麼快的速度重新露出笑臉，這傢伙真不得了。

「那麼，時間也差不多了……今天的逃獄行動就到這裡結束吧。」

最後，由身為社長的凜凜夜，發言劃下句點。

於是，大家起身結帳。

從家庭餐廳離開的回家途中，凜凜夜邊走邊對暖暖陽發出提問。

「話又說回來，笨蛋脂肪怪，妳是看色情漫畫來汲取那方面的知識對吧？關於這點，本小姐有個問題想要問妳。」

「……問題？哼……人家看心情回答妳。當然，如果妳收回剛剛那句『笨蛋』，人家回答妳的機率就會高一點——」

很在意被罵「笨蛋」的暖暖陽，馬上處於記恨狀態，不開心地斜眼看向凜凜夜。

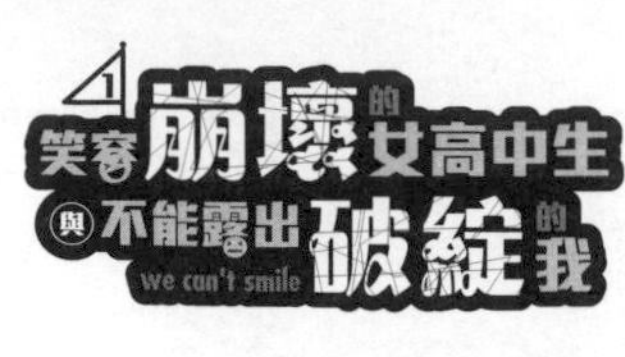

但凜凜夜顯然不在乎會不會被記恨，只是照著原先的步調，將準備好的問題道出。

「妳為什麼不看AV，來獲取那方面的知識？網路上隨便搜尋都能找到吧。真人出演的AV，不是比浮誇的色情漫畫更可靠嗎？」

凜凜夜的問話很有道理，但身為囚犯的暖暖陽，既然不挑最簡單的方法來逃獄……肯定有其深刻的、某種困頓愁苦的答案吧。

因為對答案感到好奇，我的目光也投向暖暖陽——

「……咦？誒？對耶！」

——但此刻的暖暖陽，卻掩著嘴巴驚呼，露出恍然大悟的表情。

凜凜夜則是無法置信地盯著暖暖陽看，就像撞見全世界最不可思議的事物那樣，對方超乎想像的回答，使凜凜夜的嘴巴變成了「～」這樣的扭曲形狀。

「…………——!!」

「為什麼本小姐非得跟這種胸大無腦的笨蛋合作呢……嗚啊……快要絕望了、本小姐快要對逃獄絕望了……」

終於回神之後，凜凜夜用力揉著自己的太陽穴。她用瀕臨崩潰的絕望神情，對著街景喃喃自語。

啊，居然能笨到把凜凜夜這個蠻不講理的女人氣到情緒崩潰的地步，從這個角度來看，其實暖暖陽也挺厲害的。

「不、不准說人家是笨蛋啦！」

而暖暖陽則是滿臉通紅地、以整條街都能聽見的羞憤喊聲反擊。

第十一章　鬼之風紀委員長

「因為色情脂肪怪實在太沒用了，我們只好採取折衷的——第三個逃獄方案。」

再次開始社團活動後的禮拜一，凜凜夜這樣對大家說。

「第三個方案是治標不治本的方法，也就是先朝『控制表情』這方面去努力，你們看如何？」

「這次又要怎麼做？你們很不可靠耶！」

像是想起之前被羞辱的場景，暖暖陽露出憤恨的眼神。

但凜凜夜卻更加不滿，臉色瞬間變得陰沉。

「本小姐才不想被把公尺誤認為公分的女人形容為『不可靠』！像妳這種笨蛋、我都開始懷疑妳是怎麼考進來這所升學高中的了。」

「什麼笨蛋！人家在新生入學測驗裡，成績可是排名第五喔！」

「這話妳之前已經說過了。啊啊……話說回來，本小姐並不是好奇，但還是順便問一下好了——妳排名第五肯定是因為有些答案填錯，具體來說，錯在哪些部分？」

「是健康教育！二十題裡，人家只對了五題。但除了健康教育之外的題目，人家是滿分喔！」

聽見暖暖陽自鳴得意的答案，凜凜夜先是露出不敢置信的表情，然後馬上漲紅了臉，氣到臉色變得扭曲。

「笨蛋白痴大傻瓜——開始計畫之前妳為什麼不早說!!妳根本就是個零男性知識的笨蛋婊子嘛——!!」

而忽然被痛罵一頓的暖暖陽，也眼角帶淚地喊了回去。

「不要罵兩次笨蛋！笨蛋才會說別人笨蛋啦！」

啊、在意的居然是「被罵兩次笨蛋」這部分嗎！

說實在的，我無法理解暖暖陽的思維。

而同樣讓我無法理解思維的凜凜夜，則深呼吸一口氣，勉強讓自己變得冷靜。

接著她重回正題。

「總之逃獄計畫三就是——採取治標不治本的方案，先朝著『控制表情』這方面去努力。」

用完全不抱信任的目光瞪著暖暖陽，凜凜夜不屑地哼了一聲。

「色情脂肪怪，妳要好好配合計畫，畢竟上一次逃獄行動，是妳親手搞砸的。」

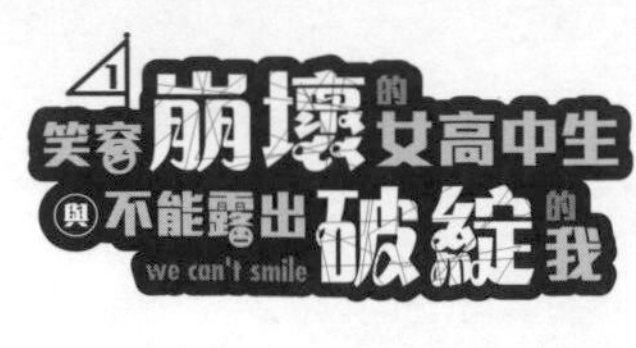

「沒有搞砸，人家才沒有搞砸勒！」

「……哼。」

不理會對方的抗議，凜凜夜這次轉頭向我看來。

「二藏，逃獄計畫三，也需要你出力幫忙。」

「可以。」

我點頭同意。

得到我的答覆後，凜凜夜忽然站起身，接著按住暖暖陽的肩膀，把她推倒在沙發上。

「惡臭海苔、妳要幹什麼啦？」

「廢話少說！既然妳平常可以偽裝出笑容，那現在就給本小姐控制表情——假裝到底!!」

語畢，凜凜夜的手朝著暖暖陽的腰間快速搔癢。

「啊哈哈哈……哈哈哈哈哈哈……」

忍不住笑出聲來的暖暖陽，很快臉色變得潮紅、並且雙眼上吊吐出舌頭，變成類似於色情漫畫女主角的アヘ顔。

但凜凜夜的態度卻很嚴肅。

「喂，控制住表情！維持妳平常噁心的假笑！」

「啊哈哈哈……不要啦，人家很怕癢啦……哈哈哈哈……不要啦!!」

持續維持ア へ顔的暖暖陽，身軀不停扭動，想要從凜凜夜的魔爪下掙扎逃走。

可是就在這時，凜凜夜對我發出呼喚。

「二藏，快來按住這塊色情脂肪怪的手，別讓她逃了。」

「……」

我看了暖暖陽一眼。

……這是為了妳好，請原諒我吧。

「對不起。」

在口中道歉的同時，我上前按住暖暖陽的手。

「哈哈哈哈哈……臭發霉海苔……哈哈哈哈……可惡的二藏同學——!!哈哈哈哈哈……」

對於我們的行動，暖暖陽只能報以混雜憎恨的笑聲。

「呼……呼……呼……」

笑了持續五分鐘後，暖暖陽幾乎渾身脫力地倒在沙發上。

到了後來，暖暖陽已經累到笑不出聲了。

彷彿徹底失去了自主能力，她就只是紅著臉輕輕喘氣，渾身不停顫抖，而吊眼吐舌的アへ顏也一直沒有消失。

「簡直像壞掉的機器人。」

凜凜夜首先發出感想。

「總之，先讓這塊腐爛脂肪休息一陣子吧……由於本小姐這邊也很費勁，之後我們換手，輪替彼此的工作。」

我點頭。

休息二十分鐘左右後，暖暖陽終於恢復正常，而「控制表情」的訓練也再次展開。

這次輪到我擔任搔癢手，而凜凜夜則負責按住暖暖陽的手，避免她逃離沙發。

只是——

暖暖陽雖然恢復正常表情，四肢卻很明顯已經沒有力氣了。

「看來這隻色情脂肪怪，已經沒有逃跑的餘力了。啊、這就是能丟寶貝球收服的那種虛弱狀態？」

說著不怎麼好笑的笑話，仔細觀察情況後，已經消耗很多體力的凜凜夜決定消極怠工。

「既然這樣的話，二藏你一個人去搔癢吧。不過別在色情脂肪怪身上亂摸，敢亂來的話就折斷你的手。」

「是是……」

於是，在凜凜夜的監視下，我朝著沙發走去。

接著，我將雙手伸向暖暖陽的腹部，輕輕開始搔癢。

「哈啊……哈啊……哈啊……哈啊……哈啊……」

暖暖陽又開始輕微喘氣，這次只經過短短五秒鐘，她就變成眼睛上吊的アヘ顏。

糟糕，這個表情怎麼好像越來越定型了？

……話說回來，我與暖暖陽現在的姿勢，似乎有點不妙。

因為暖暖陽橫躺占據整張沙發的關係，我只能一隻腳站在地上，另一隻腳跪在暖暖陽的雙腿中間，最後彎腰伸出兩隻手去搔癢。

而這個動作——從側面看起來，就好像我用全身的力量正在壓制暖暖陽，並且實施某種猥褻行為似的。

尤其暖暖陽帶著極為色氣的表情，更加容易惹來誤會。

「如果被外人看到的話，恐怕會引起不必要的誤會吧——」

想到這裡的同時，我忍不住感到安心。

「幸好這間社團教室，位於很偏僻的角落，絕對不可能被看——」

哐啷——

砰！

就在這時，教室大門的方位，傳來接連的巨響。

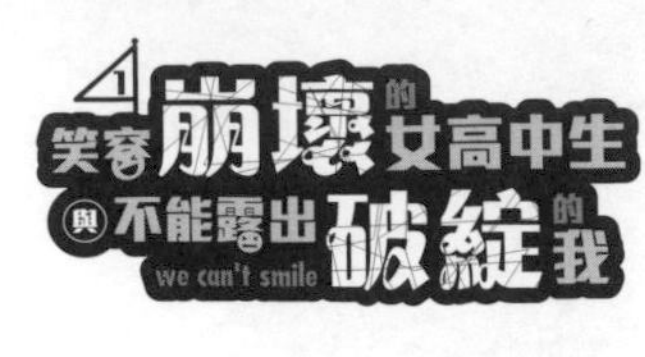

「——!?」

我與凜凜夜同時朝教室大門的方向看去——

——在毫無腳步聲預警的情況下，教室大門忽然被人用力推開了。因為力道過猛，大門甚至撞在了門框裡，發出剛剛那些聲響。

有一道嬌小的人影，此時正站在走廊上，目光不斷朝著教室內掃視。

那人影，是一名以白色髮飾束起飄散短馬尾的——黑髮少女。

她擁有一張五官非常清秀的瓜子臉，斜背著幾乎比人還要高大的黑色劍道包，並給人眼神極為銳利的印象。

此時，黑髮少女的飄散短馬尾，隨著走廊的風勢在微微晃盪。

她先是注視凜凜夜，接著將目光移到我臉上，最後看向躺在沙發上、持續露出脫力アへ顔的暖暖陽。

暖暖陽依舊是雙眼無神、吐出舌頭的崩壞表情。

「……果然啊，在校園的角落，總是特別容易發現不為人知的邪惡。看來在下為了查緝邪惡之人而修煉的『貓步』，並沒有白費功夫。」

一邊用淡定的語氣這麼說，黑髮少女開始解下自己背上的劍道包，並且從其中拿出兩把竹劍。

然後，黑髮少女定定地將目光停在我身上。

「……對著毫無抵抗能力的少女施行侵犯，你真是惡劣到骨子裡的男人。」

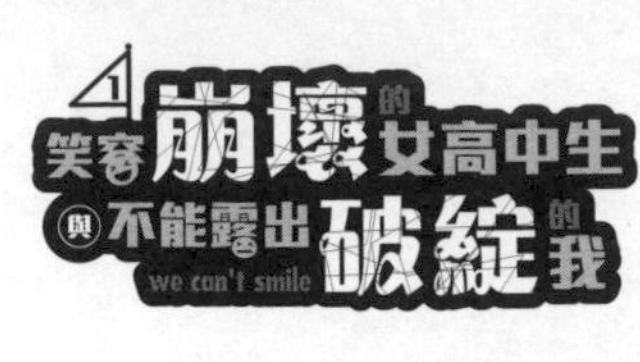

她將一把竹劍握在手裡。

接著，將另一把竹劍擲到我腳下。

我低頭看看竹劍，又看看正在緩緩舉起竹劍，擺出凌厲劍道架式的黑髮少女。

這樣子的說話口氣，這樣子的行事作風……我似曾聽聞。

這名少女，是連凜凜夜那樣孤僻的人，都知曉情報的——這所高中的名人。

思及此，我的瞳孔忍不住凝縮。

於沉默中，望著黑髮少女，我不禁回憶起聽凜凜夜所轉述的那個「傳說」——

——在這所高中裡、有關「鬼」的傳說。

「鬼之風紀委員長」不知火。

擅劍道，並以武力清掃犯人。

開學僅僅幾天內，憑藉常人難以理解的可怕手段，她坐上風紀委員長的高位，成為了全校學生都畏懼的恐怖存在——

擁有與「鬼之風紀委員長」這可怕外號並不相符的清秀容貌，不知火那銳利的雙瞳，像是要在我的身上刺穿兩個洞那樣，始終緊追我不放。

接著——

「鬼之風紀委員長」不知火，緩慢卻堅定地開口發言。

就像已經裁定犯人命運的劊子手那樣，她的話語不帶一絲迷惘。

「……不知廉恥的犯行者啊，拾起竹劍吧。」

將竹劍的劍尖朝我斜斜指來，不知火的全身上下，也隨之燃起肉眼不可見的強烈鬥氣。

「你那不知廉恥的妄舉，就由我不知火來斬斷——!!」

番外篇　此身為劍

因空曠而顯得冷清的木質道場內，有兩名身影正持著竹劍對峙。
站在左邊的，是一名頭髮灰白的高大中年男子。
而站在右邊的另一人，則是身高不到一百公分的嬌小幼女。
一高一矮，一長一幼。
巨大反差。
下一瞬間，高大的人影用肉眼幾乎看不見的速度揮出竹劍，狂暴的劍壓化為浪潮襲向對手。
「嗚……!!」
幼女整個人被打飛出去，重重摔倒在地，手中的竹劍也隨之脫手。
「不知火，把劍撿起來。」

高大人影沒有一絲憐惜之意，只是冷淡地盯著幼女，如此開口吩咐。

將竹劍撿起後，姓氏為不知火的幼女，再次擺出劍道中對峙的架式。今年五歲的她，架式已經有模有樣，甚至能夠將劍尖凝立不動超過一分鐘，完成很多大人都做不到的「劍之型」。

可是，哪怕擺出一絲不苟的迎敵姿態，對面的人影依舊毫不留情地揮劍出擊，將不知火再次打飛，並且命令她拾劍。

這樣近乎單方面毆打的循環，已經重複了數十次。

中年男人每一次的揮劍，也都會在不知火身上增添新的傷痕。

「不知火，把劍撿起來。」

如同機械般冷酷無情的語調，也自中年男人口中再次傳出。

——甚至連、稱呼自己的名字都不願意嗎？

以竹劍慢慢撐起身體，不知火的眼中帶著悲哀。

——這個男人、不，父親他，是因為母親離世後，失去了心靈支柱，才會變成這副模樣吧。

全名為「不知火綾乃」的幼女，望著眼前的父親。

哪怕一再遭到竹劍打傷，她對於父親昔日的尊敬，依舊未曾削減——

不知火綾乃深刻理解現狀。

家裡為歷史悠久、傳承已有兩百年的「不知火劍道場」。而正值中年的父親，是世界上僅存的劍道九段——也是被譽為最有可能成為「史上第七位劍聖」的偉大人物。

劍聖，也就是劍道十段。

這樣的殊榮，已經有數十年未曾現於此世。

然而，想要被冠上「劍聖」之名號，單有強大的實力是不夠的——

必須對劍道界做出巨大貢獻，才能在眾人的期望中，坐上那數百年來只有五人到達過的、榮耀至極的王座。

而自己的父親——那外號為「誅惡劍鬼」的父親，從小就被譽為劍道界百年一出的天才，備受所有人期望。在祖父的教導下，父親以如同閃電的速度般崛起，橫掃整個劍道界，未遇敵手，就此坐上劍道九段的位置。

而在無人可與其比肩的情況下，劍鬼也是目前唯一的劍道九段。

但由於劍鬼性格暴躁，在劍道界得罪無數劍道名宿……所以哪怕眾人明白，劍鬼恐怕已經擁有與「史上第六位劍聖」這名號相副的恐怖實力，但那些劍道名宿依舊在阻礙劍鬼成為傳奇。

「──卑劣之人!!」

劍道十段的期望再次遭到阻斷，怒火中燒的劍鬼，狠狠一劍斜斬，用練習用的竹劍，斬開了十根比人身還要寬厚的木樁。

「……」

望著滿地的木樁殘片，劍鬼赤紅著臉，呼呼喘氣。

「我要成為劍道十段……十段……非成為十段不可……!!」

自己要對劍道界做出貢獻，以及獲取名聲，然後成為十段──因為──

因為──

劍鬼原本充斥怒火的眼眸，漸漸化為帶著回憶的混濁。

在那個陰沉的雨天，劍鬼的愛妻躺在醫院的床上。她很年輕，卻雙眼無神，臉上寫滿死灰般的蒼白。

渾身插滿輸液管與維生儀器藉此維生，這樣的情況已經持續了一整年。

「……」

劍鬼站在病床旁，始終沉默不語。

有生以來，劍鬼首次明白，無論如何努力，劍也有斬不開的東西。他能夠斬除一切來犯之敵，卻斬不掉名為病魔的虛妄之物。

這時候的不知火綾乃只有三歲，甚至還未曾握劍。

能夠以肉眼觀察出人類「鬥氣」的劍鬼，也能藉此判斷對方用來維持生命的「生氣」剩餘多少。此刻的劍鬼甚至比醫生還要清楚，妻子的生命已經走到了盡頭……恐怕、就在今天，愛妻就會死去。

這時，劍鬼的妻子，露出溫柔的眼神。

就連說話都會產生劇痛的她，努力使聲音顯得平穩。

「狂炎……你說過、自己的偶像……是那個人對嗎……」

「是佐佐木小次郎。」

全名為不知火狂炎的劍鬼，如此答覆愛妻。

因為同樣從燕子的飛舞中悟出「燕返」，並藉此稱雄劍道界——不知火狂炎在鑽研「燕返」此招三十年後，深切明白那個傳說中的佐佐木小次郎，能夠將此招發揮到登峰造極之境，究竟有多麼天才與閃耀。

哪怕有人說佐佐木小次郎是虛構的，根本就不存在，也不影響不知火狂炎對於佐佐木小次郎的崇敬。

就跟嫉妒自己的那些弱者一樣，在佐佐木小次郎那個年代，肯定有更多類似的無恥之徒，試圖汙衊這名劍聖，留下不實的傳聞吧。

——再說，如果是佐佐木小次郎的話，肯定不會像自己這麼狼狽，能夠輕易登上十段的位置。

因為深切理解實現「燕返」此招的困難，狂炎比任何人都更加明白，佐佐木小次郎究竟付出多少努力，才能掌握此招。他那天才的名號之後，隱藏著付出無數血汗後才能鑄就的強大。

所以不知火狂炎也比任何人都更加厭惡宮本武藏。不光明正大直接對決，而是利用遲到的小伎倆讓佐佐木小次郎心態產生浮躁——這簡直與那些劍道名宿用來阻礙自己的小手段一模一樣。

不知火狂炎的愛妻，在這時候輕輕一笑。

「狂炎，你總是說起小次郎呢。」

「……嗯，我很喜歡他。」

「比喜歡我們的女兒還喜歡嗎？」

「……」

不知火狂炎沉默。

「……要照顧好我們的女兒哦，她才三歲而已，你不能再粗心大意了。你總是在抱她的時候，不小心把她摔下地呢。」

「……」

不知火狂炎微微點頭。

他的妻子再次輕聲發話，重回原先的話題。

「狂炎……與失敗的小次郎不一樣，總有一天，你肯定能夠實現……成為十段的夢想吧……」

「……嗯，我會實現的。」

「那約好了，打勾勾。」

伸出小拇指，輕輕勾住丈夫因練劍而粗糙的手指，不知火狂炎的愛妻輕輕唱起歌來。

「打勾勾～說謊的人～要吞一千根針～～～」

「打勾勾～不遵守約定的人～要吞一千根針～～～～」

唱到後來，歌聲漸漸變得微弱。

在劍鬼．不知火狂炎的注視中，妻子慢慢閉上雙目。她原本就極為微弱的生氣，像是終於燃盡的燭火般那樣，於此刻徹底消逝。

「嗯，打勾勾。」

握著妻子逐漸變得冰冷的手，這個被稱為鬼的男人，慢慢流下兩行眼淚。

妻子死後，不知火狂炎再也沒有笑過。

為了成為十段、成為劍聖，實現與妻子的約定——將多餘的情感化為燃料，不知火狂炎的野望如同烈火般迅速開始燃燒。

「想要成為十段，就必須對劍道界做出貢獻，這樣的話……培養出一大批厲害的劍士，無疑是最好的途徑。」

「最好能培養出第二個九段，這樣我成為十段，就是順理成章。」

於是，他開始嚴格督促劍道場裡的弟子。

那訓練之嚴厲，在半年內，就讓超過八成的門生奪門而逃。

哪怕剩下的弟子都是少見的人才……但是，不知火狂炎很快發覺這些人的極限所在。就連跟隨自己最長久的大弟子「厚土」，將潛力揮發殆盡，恐怕也只能止步於八段。

因為想要成為劍道九段，很難很難。

從九段開始就是榮譽段位，需要大量的劍道名宿聯合推薦，才能從八段晉升上去。

不擅交際的不知火狂炎，當年憑藉可怕的實力、提劍上門把所有劍道名宿揍得鼻青臉腫，這才成為了劍道九段——但這些劍道名宿卻也因此懷恨在心，多年來始終阻礙著不知火狂炎成就「劍聖」名號的夢想。

「一群廢物……都是一群廢物!!就連九段都到達不了，九段明明不難，是只要拚命努力就能達到的境界呀!!」

身為百年一出的絕世天才，不知火狂炎未曾體驗過身為凡人的感覺。他那超乎常理的強大阻礙他的眼界，使他無法對常人生出同理心。

但在他的女兒不知火綾乃，從五歲開始握劍的那一天起，不知火狂炎的內心，再次生起一線希望。

繼承了不知火家族源於古老劍道世家的血脈——不知火綾乃的劍道天賦同樣出類拔萃。

不知火綾乃，彷彿就是為了劍道而生、為了實現自己的野望而生——不知火狂炎是這麼想的。

就像快要溺死的人終於抓到浮木，他對於女兒的期盼，已經到達近乎入魔的地步。

「妳的話，有成為劍道九段的能耐。」

「所以給我練劍！就算手流血不止也得繼續練！身軀快要倒下的話就用劍撐起自己，妳沒有這麼脆弱，因為妳是我不知火狂炎的女兒——所以給我拚上一切、用賭上性命的覺悟去練劍!!」

由不知火狂炎親自當女兒的對手。

這個實力足以成為劍聖的男人，一次又一次地將女兒揮劍砍飛。

一天過去了。

十天過去了。

「妳為何還是這麼弱小……連我只用半成實力的劍都接不住，甚至也避不開!!」

無視女兒嬌小的身體早已遍體鱗傷，不知火狂炎怒火如焚。

也就在這時，不知火狂炎忽然頓悟到某種道理。

「是了……是因為這個小鬼，總是在笑吧？」

某天，不知火狂炎親眼目睹大弟子厚土，帶著蘋果糖探望不知火綾乃。

在接過蘋果糖時，不知火綾乃那滿是傷痕的小小臉蛋上，露出滿足的笑容。

「這是——!!」

能夠觀察他人鬥氣波動的不知火狂炎，敏銳地察覺到「異常」。

自己的女兒，在笑的時候，鬥氣波動減弱了。

或者說，她的鬥志減弱了。

啊啊……是這樣啊，就是因為她總是在笑，內心深處鬆懈了，所以才會這麼弱小。

於是，從那一天開始，不知火狂炎就命令女兒不准笑。

不准笑。

但是，「不准笑」談何容易？

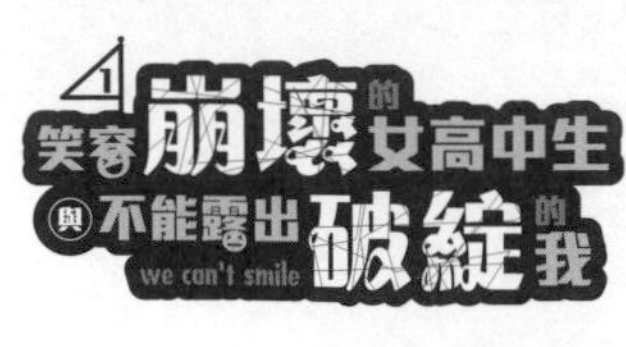

笑是絕大多數人類的本能，除非在內心深處刻下層層封印，否則絕對無法制止。

而不知火狂炎也是這樣打算的——藉著震撼心靈的強大銘刻，徹底封印女兒的笑容。

於是，在他第一次發現女兒露出笑容時，他將整個道場的門生集合起來。

「……」

不知火狂炎正坐在道場的最深處，而數十名門生們則圍坐一個巨大圓圈，將幼小的不知火綾乃圍繞在正中間。

不知火綾乃左顧右盼，她渾身都在顫抖，稚嫩的臉蛋寫滿恐懼。

沉默已久的不知火狂炎，於此時發出低沉的聲音。

「一段的最強者，出列。」

門生裡依言走出一名少年，他是整個不知火道場裡、劍道一段的最強者，實力幾乎可以比肩二段。

不知火狂炎緊繃著臉，他伸出手指，指向自己的女兒。

「不准放水，去跟那小鬼對打，打到她倒下為止。她跌倒的話就拉她起來，直到她再次倒下為止，這樣持續半小時。」

「師傅!?」

一段的少年望向不遠處、身高只及自己腰部的不知火綾乃，幾乎無法相信自己的耳朵。

猶豫許久後，在不知火狂炎的積威之下，他還是出手了。

就連護具都不被允許配戴，少年與幼女的對打只持續了三分鐘，幼女就被擊倒在地。

「拉她起來！」

「是。」

面對師傅的命令，少年緊緊咬住牙關，他只好依言拉起不知火綾乃，強迫她恢復對練架式。

擺好架式後，少年再次出擊。

啪、啪、啪！

在所有門生沉默的注視中，半小時很快過去。

不知火綾乃趴在地上發抖，皮膚底下滿是肉眼可見的瘀青。

她連竹劍都握不穩，已經不能再戰了。

所以，應該結束了——

就在旁觀的門生這麼心想的同時，不知火狂炎的聲音再次響起。

「二段的最強者，出列。」

「不准放水，去跟那小鬼對打，打到她倒下為止。她跌倒的話就拉她起來，直到她再次倒下為止，這樣持續半小時。」

「————!!」

旁觀的門生們，無法置信地瞪大雙目。

一段、二段、三段……如此不斷依序對敵，最後是大弟子，劍道八段的厚土。

以各段位最強的八人為敵手，這樣不合理的對打，持續整整四個小時。

終於，在大弟子厚土的「對練」也結束後，不知火狂炎慢慢站起身。

他就這樣走到道場中央，將躺在地上不動、嘴角帶血的女兒抓著衣領提起，往道場外走去。

在路過大弟子厚土的身旁時，他忽然抽出腰際的竹劍，閃電般向其斬去。

「八段只有剛剛展現出來的那點實力嗎？你、放水了吧。」

一劍將自己的大弟子斬倒在地，不知火狂炎走到屋角供奉真刀的侍刀處，將銳利的武士刀抽出。

繼續走向門外，不知火狂炎步入平常訓練用的道場庭院，以武士刀穿過女兒的衣領，將其懸空釘掛在木樁上。

「就這樣放著不管，讓她掛到明天天亮為止。」

留下這麼一句話後，不知火狂炎轉身離去。

從始至終，他都面無表情。

「為了劍，我早已捨棄自身的一切。」

日後，歲月飛逝。

不知火綾乃逐漸成長。

近乎病態地、不知火綾乃極為憧憬強大的父親，認為父親的話肯定是真理，將其奉為唯一的人生信條。自己挨打，那肯定是自己不好。

從心靈被烙上「不准笑」銘刻的那一天算起，不知火綾乃在之後的三年內只笑過五次。這五次都被打成了重傷，並以武士刀釘著衣領掛在木樁上，如此持續一天一夜。

外號為誅惡劍鬼的父親，能從「鬥氣」的聚散上，察覺出女兒是否笑過。

於是，父親的劍成為了刺入內心深處的誓約——自八歲生日的那一天開始，不知火綾乃，再也沒有笑過。

就這樣，不曾笑過的日子持續了八年。

進入P高中就讀後，生來就極富正義感的不知火綾乃，因其嫉惡如仇的性格，以及各方面的優異表現，用史無前例的速度成為風紀委員長。

雖然礙於年齡所限，現在她還只是劍道二段的段位，但實際上她已經擁有四段的實力。

擔任風紀委員長的她——即使面對紊亂風紀的犯人，也會給予對方公平對決的機會——將竹劍借給對方與自己對決，並用剛直迅猛的劍技，將敵人心中的「惡」以及鬥志一起斬斷。

左邊手臂上綁著寫有「風紀」的紅底白字臂章，斜背著快要比自己還高的黑色劍道包，在校內不斷巡視扶持弱小，這就是不知火綾乃的每日必行課程。

或許在她內心深處，只是不想看見弱者、被強大之人欺凌的無助畫面再次發生。

僅此而已，願望如此卑微，而又現實。

如果將其換成不知火綾乃的實際行動，也就是……

「惡即斬！」

即使內心深處懸著父親的「劍」，也並不妨礙她執行正義。

然而。

然而……在這天放學後的黃昏時刻。

再次巡視校園時，她居然發現了那個男人、做出疑似要在神聖莊嚴的校內，侵犯女同學的惡行。

如此可恨的邪惡，偏偏在自己的眼皮底下出現了。

不可饒恕。

絕對不可饒恕。

「……不知廉恥的犯行者啊，拾起竹劍吧。」

將另一把竹劍拋給那個被稱為「二藏」的男人，不知火綾乃擺出以無數自身鮮血錘鍊而出的劍道架式。

與此同時，她渾身上下的鬥氣，如沸水般不斷升騰。

「你那不知廉恥的妄舉，就由我不知火來斬斷——!!」

後記

大家好，我是甜咖啡。

首先，非常感謝大家對於本書《笑容崩壞的女高中生與不能露出破綻的我》的購買以及支持。

這是一個全新系列的作品，為了更完美地描寫本作，在筆法以及劇情上，咖啡都做出前作所沒有的大量創新以及改動，希望大家會喜歡。

如同書名，本書的主軸是「追尋笑容」。在人物的笑容中，我也加入極為大膽的新元素——也就是七花暖暖陽的アへ顏。

在一般的輕小說裡，這樣子的表情，很難有展現出來的機會——但由於我認為這樣很有意思，能帶給讀者充分的「驚喜」，所以絞盡腦汁地用劇情將其呈現。

如果大家在閱讀後，也能覺得新奇有趣的話，那就太好了。

對了，既然前作有個簡稱是《在座有病》，那就姑且將本作稱為《笑容崩壞》吧。

在《笑容崩壞》中，主角們都是一群不完整的人，他們沒辦法笑——只得以「共犯」關係產生聯繫，並且試圖合作，想逃離名為「不能笑」的監獄。

但這場逃獄行動，大概擁有別開生面的新奇程度。

——因為，這是一場揮灑汗水，充滿青春氣息的「逃獄」。

「一群不完整的人相伴，試圖追尋完整的人生。」簡略來形容的話，本書就是這樣子的戀愛治癒喜劇。

這些人，起初對於彼此是陌生的。也如本書中所提及的，這些人既非夥伴，也非朋友——僅僅只是共犯，所以描寫起來也格外有趣。

當然，在逃獄的過程中，他們也肯定會生起不少波折與爭執……畢竟這些傢伙，本來就是一群「不能笑」的問題兒童嘛。

再來，提一下本書的預計長度。

如同我以往的習慣，在本書《笑容崩壞》第一集中，其實已經埋下許多伏筆，這些伏筆在揭曉答案時，相信都能再次帶給大家驚喜。

因此，《笑容崩壞》在咖啡的預想中，應該會是長篇作品……但主要還是看銷售情況如何，如果銷量太差的話，或許只能拿到三集左右的篇幅也說不定。

所以咖啡會拚命努力、寫出足夠優秀，讓大家能夠滿意並且購買續集的作品。

另外，也向大家提一個小彩蛋，將書皮拆下來後，暖暖陽在內封的表情會有變化哦。

再次感謝各位購買本書。

如果看完《笑容崩壞》，有心得想要分享的話，也可以來粉絲團向咖啡說哦。粉絲團同時也會分享新書的訊息。

粉絲團連結：https://www.facebook.com/8523as/

那麼，我們下一集再見。

浮文字

笑容崩壞的女高中生與不能露出破綻的我 1

著　　者／甜咖啡
發 行 人／黃鎮隆
總 編 輯／洪琇菁
執行編輯／曾鈺淳
企劃宣傳／邱小祐、劉宜蓉
封面插畫／手刀葉、廢棄物少年
副總經理／陳君平
國際版權／黃令歡
美術編輯／方品舒
內文排版／謝青秀

出　　版／城邦文化事業股份有限公司　尖端出版
台北市中山區民生東路二段一四一號十樓
電話：（〇二）二五〇〇—七六〇〇
傳真：（〇二）二五〇〇—二六八三
E-mail：7novels@mail2.spp.com.tw

發　　行／英屬蓋曼群島商家庭傳媒股份有限公司城邦分公司　尖端出版
台北市中山區民生東路二段一四一號十樓
電話：（〇二）二五〇〇—七六〇〇（代表號）
傳真：（〇二）二五〇〇—一九七九

中彰投以北經銷／楨彥有限公司（含宜花東）
電話：（〇二）八九一九—三三六九
傳真：（〇二）八九一四—五五二四

雲嘉經銷／智豐圖書有限公司　嘉義公司
電話：（〇五）二三三—三八五二
傳真：（〇二）二三三—三八六三
客服專線：〇八〇〇—〇二八—〇二八

南部經銷／智豐圖書有限公司　高雄公司
電話：（〇七）三七三—〇〇七九
傳真：（〇七）三七三—〇〇八七

一代匯集／香港九龍旺角塘尾道六十四號龍駒企業大廈十樓B＆D室
電話：（八五二）二七八三—八一〇二
傳真：（八五二）二五八二—一五二九
E-mail：hkcite@biznetvigator.com

新馬經銷／城邦（馬新）出版集團Cite（M）Sdn. Bhd.
E-mail：cite@cite.com.my

法律顧問／王子文律師　元禾法律事務所
台北市羅斯福路三段三十七號十五樓

二〇二〇年一月一版一刷

■中文版■

郵購注意事項：
1.填妥劃撥單資料：帳號：50003021戶名：英屬蓋曼群島商家庭傳媒(股)公司城邦分公司。2.通信欄內註明訂購書名與冊數。3.劃撥金額低於500元，請加附掛號郵資50元。如劃撥日起 10～14日，仍未收到書時，請洽劃撥組。劃撥專線TEL：(03)312-4212 ・ FAX：(03)322-4621。E-mail：marketing@spp.com.tw

國家圖書館出版品預行編目資料

笑容崩壞的女高中生與不能露出破綻的我 / 甜咖啡作. -- 1版. -- [臺北市]：尖端出版：家庭傳媒城邦分公司發行, 2020.01-
冊；　公分

ISBN 978-957-10-7938-7 (第1冊：平裝)

863.57　　　　　　108022234